名不虚传

南海江 著

郑州大学出版社

图书在版编目(CIP)数据

名不虚传 / 南海江著. — 郑州：郑州大学出版社，
2020. 11(2024.6 重印)
ISBN 978-7-5645-7326-3

Ⅰ. ①名… Ⅱ. ①南… Ⅲ. ①诗集 – 中国 – 当代
Ⅳ. ①I227

中国版本图书馆 CIP 数据核字(2020)第 186871 号

名不虚传
MINGBUXUCHUAN

策划编辑	李勇军		封面设计	苏永生
责任编辑	刘晓晓　孙精精		版式设计	苏永生
责任校对	胡佩佩		责任监制	李瑞卿

出版发行	郑州大学出版社(http://www.zzup.cn)
地　　址	郑州市大学路 40 号(450052)
出 版 人	孙保营
发行电话	0371-66966070
经　　销	全国新华书店
印　　刷	山东华立印务有限公司
开　　本	890 mm×1 240 mm　1 / 32
印　　张	12.375
字　　数	312 千字
版　　次	2020 年 11 月第 1 版
印　　次	2024 年 6 月第 2 次印刷

| 书　　号 | ISBN 978-7-5645-7326-3 | 定　　价 | 68.00 元 |

前言

月是故乡明，情是故乡浓。刚参加工作那会儿，凭着一股子热情，就渴望把家乡的、身边的好人好事还有工作成效等写成文字。偶有发表，便为业余还能做些贡献而雀跃。

后来，以为长了三头六臂，便笔锋一转，向腐败及不文明行为等猛掷匕首投枪，以维护家乡的形象，直到被单位领导叫去"请教什么意思？"才忍痛住手，改而致力于单位的统计、财务、审计、规划、项目等事务，就连毫不相干的目标管理、信息编辑等工作，也来者不拒，一同扛在肩上，日夜担负，一干就是二十多年。

直到2017年，趁单位合并，经本人坚决要求，才首次被允许轮换了岗位。但经过半年多的折磨和彷徨后，忽然翻到发黄的剪报旧文，才重新拾起了久违的写作，并一发而不可收：仅用两年多时间，就写了二百多首诗、词、歌、对联，外加一些游记、小品、歌舞剧等，并由此重新认识了故乡的惊人之美。同时，也惊奇地发现，这是更好、更全面、更深入地了解故乡、热爱故乡的一个窗口和载体。更何况，故乡本就风景秀丽、人杰地灵、历史悠久、名胜众多、名不虚传呢！

无论何人，若不知故乡之美，岂不憾哉！尤其是，如果有机会结集出版，能有更多的朋友在茶余饭后来共同品读分享，岂不快哉！

目　录

附录

遗址

渔歌子
上河曙猿化石遗址（二首）

其一

四千五百万年前，
灵长首现上河边。
驱黑暗，
赖曙猿，
人类演化起新篇。

其二

有此化石作证言，
起源非洲顿自嫌。
文化链，
第一钻，
接连彩陶至今妍。

上河曙猿化石遗址位于河南省三门峡市渑池县南村乡仁村上河组，是世界最早具有高等灵长类哺乳动物特征的曙猿化石遗址，距今4500万年。它的发现，动摇了"人类起源于非洲"的论断。

"彩陶"指仰韶文化。

仰韶文化遗址

仰望韶山星满天，
彩陶文化肇人间。
红描盂鼎灰涂灶，
黑画杯瓶白绘盘。
翼展纵横十万里，
光辉上下五千年。
堪称最早中国地，
无愧最初华夏园。

仰韶文化遗址位于河南省三门峡市渑池县城北的仰韶村。

庙底沟文化遗址

庙底彩陶色更鲜，
承前启后壮龙山。
红瓶黑灶灰钵釜，
黄鼎橙盆白盂盘。
光耀中国十万里，
陶传华夏五千年。
至今恩惠江河涌，
终古谁人能报还？

　　庙底沟文化遗址位于河南省三门峡市陕州古城南，包括仰韶文化和龙山文化两个时期的遗存。

黄帝铸鼎原

天地玄黄气未清，
人间多祸病尤凶。
山前铸鼎熬仙药，
原上行医救众生。
救罢神龙接帝去，
哭将靴子葬陵中。
千秋人物千秋业，
万古荆山万古青。

　　黄帝铸鼎原位于河南省三门峡市灵宝市阳平镇，传为黄帝陵冢，
是世人拜祖的地方。

庆春宫

陕州故城

山势四围，
河流环抱，
陕州自古如画。
崤岭插天，
中条隔岸，
古道万里车马。
茅津夜渡，
渔火乱、银河倒挂。
星披绣岭，
月醉金沙，
梦来城下。

亭台楼榭参差，
欲倒三山，
庙堂高塔。
勾栏瓦肆，
日杂旅店，
鳞次屋宅复沓。
街衢熙攘，
更巷陌、纵横交叉。
如今林苑，

名不虚传

碧草芳花，
沁城接坝。

陕州故城位于河南省三门峡市陕州风景区内。
"三山"指老城内的羊角山、凤凰山、土地山。

盼望

天玄地黄兮宇旷宙长，
众生天地兮人兽相攘。
长夜漫漫兮石器冰凉，
人类文明兮何时开创。

光明

黄河母乳兮浩浩荡荡，
华夏子孙兮茁壮成长。
仰韶文化兮中国之光，
彩陶出窑兮日照东方。

彩陶曲

你使人类吃上了水煮的食物，
使创造性得到了启发。
你把火从生活引向了生产，
新时代才不断到达。
你改变了物质外形，
也让结构发生了变化。
你开创了色彩绘画的先河，
迈开了走向文明的步伐。

你用独具的形式，
记录了灿烂的文化。
你用五彩缤纷，
孕育了伟大的中华。
你用无穷魅力，
传承了七千年的文化。
你维系了中华，
认同了中华，
维系了好大一个家。

彩陶彩陶啊，
你是泥土和汗水的娇娃。

彩陶彩陶啊，
你是勤劳和智慧的鲜花。
彩陶彩陶啊，
你是烈火和彩霞的奇葩。
彩陶彩陶啊，
你是天地和日月的精华。

仰韶文化

红描盂鼎，
紫绘杯瓶，
黑画碗盘，
白涂釜甑。
彩陶十万件，
欲夺七色虹。
灿燃满天星，
照彻九州梦。
这就是仰韶文化，
犹如闪耀的星空，
寥廓而深邃。
需要仰望，
才能稍稍看得清。

东起豫东，
西至甘陇，
南抵江汉，
北达长城。
遗址五千余，
遍布九区省。
持续两千载，

开启万年功。
这就是仰韶文化，
犹如蓝色的苍穹，
高远而广阔。
需要仰望，
才能稍稍看得完整。

"中国文化西来"说，
曾经来势汹汹。
"中国没有新石器"，
曾经板上钉钉。
"中国没有田野考古史"，
也曾经是国人的心头之痛。
尽管四大文明三已绝，
唯我华夏一脉承。
但那时的状况，
却伸手不见五指，
抬头不见一星。
中华光辉的源头，
一直都深藏不露，
无影无踪。
只有真凭实证，
才能让鸦雀停止聒噪，
才能让国人绽放笑容。

仰韶遗址的发现与发掘，

堪比春雷一声，
世界为之震惊。
从此：
中国考古学研究的上空，
扬起了第一面旗旌！
中国原始社会研究的上空，
扬起了第一面旗旌！
中国新石器考古事业的上空，
扬起了第一面旗旌！
中国历史，
更向前推进了一千年的时空！
这就是仰韶文化，
犹如母亲的从容，
使我们的自尊、自信与力量，
如同旭日东升。
需要久久地跪拜、仰望，
才能稍稍表达一点儿敬仰的心情。

以麻布兽皮，
抵御酷暑严冬，
却依然呵护彩陶文化，
星斗一样释放光明；
以野菜粗黍，
获取最低热能，
却依然将荒原开垦，
让黍粟稷菽繁荣昌盛；

以篱笆壕沟，
防御虎豹狼虫，
却依然将土穴草庵，
建得更像家庭；
以面黄肌瘦、朝不保夕之生，
却依然将鸡鸭驯化，
将麋猪养供；
以半饱半暖的困状艰难度日，
却依然将祖母尊崇，
将妇幼老小围拢；
以石斧石铲开山辟地，
却依然描绘歌咏，
创造着伟大的文明与光荣。
这就是仰韶文化，
犹如长夜里灿烂的群星，
将整个神州照明，
将整个世界照明！
只有久久地跪拜、仰望，
才能稍稍传达一点儿崇敬的心声。

虢国国训歌

君不见：
月满必亏月月变，
日中必下天天演。
君不见：
洼盈蔽新枉则直，
少得多惑曲则全。
物极必反福伏祸，
昼夜转换一时间。
假象何处不迷眼？
诱惑几时远身边？
熟视无睹自障眼，
头破血流怎能免？
先祖血，吾辈汗，
唯勤勉，莫怠慢！
与君掏心肝，
请君听我肺腑言：
国无千年富无三，
创业时难守更难。
历来教训深似海，
成由勤俭败由贪。
鹿台珠宝埋商主，

酒池脯林覆夏船。
国破家亡天人怨，
腐败堕落总根源。
血泪恨，早成川，
桀纣魂断永无还。
惨！惨！惨！
吾辈岂能重蹈前？

　　虢国是中国周朝时期的诸侯国，有东虢、西虢、北虢、南虢之分。南虢定都上阳（今河南省三门峡市李家窑遗址一带），公元前655年，被晋献公采用假道伐虢之计灭亡。

叹虢国

曾经，
辉煌灿烂，
如今徒留，
声声长叹！

叹一时富贵：
金也披，玉也佩；
丝也裹，珠也缀；
车马旌旗乱如云，
钟鼎尊爵汇成堆；
雕梁画栋云霞缀，
亭台楼榭歌舞飞；
七百诸侯推翘楚，
千万金钱作流水。
一朝社稷毁，
金玉不知谁；
尊爵空自醉，
翡翠徒争辉；
尘钟能鸣无人听，
宝鼎不倾有时摧；
荒城衰草连野墓，

断碣霜雪抚残碑；
易朽车马尚有迹，
高贵主人已成灰；
空余冢草年年翠，
至今杜鹃声声悲！
纵使宝镜为伊碎，
梁姬去处谁人追？

叹一时威严：
权如天，势如山；
车如云，马如川；
旌旗蔽日剑光寒，
兵锋所向天地翻；
一呼百应五岳震，
三公九卿尽寒蝉；
天子来封不下马，
诸侯拜见皆媚颜。
假虞灭虢时，
唇亡齿寒天；
家国忽零落，
魂散不忍观；
刀枪剑戟锈迹重，
车马盔甲黄土掩；
鼙鼓魂怨夜风冷，
旌旗梦断夕阳残；
尸骨任凭蝼蚁啖，

威严随风作云烟；
棺底珍宝随观看，
神圣陵地任游览；
敢问周王若再封，
虢公可肯再上前？

虢国挽歌

曾经是：
一呼百应五岳震，
三公九卿尽寒蝉；
天子来封不下马，
诸侯拜见皆媚颜。
至如今：
假虞灭虢成笑谈，
唇亡齿寒为殷鉴；
棺底珍宝随观看，
神圣陵地任游览。
怎不痛：
杜鹃泣血霜月寒，
草木荒冢夕阳残；
尸骨魂灵蝼蚁啖，
断碣残碑尘土掩。
君不见：
月满必亏月月变，
日中必下天天演。
洼盈敝新枉则直，
少得多惑曲则全。
物极必反福伏祸，

昼夜转换一时间。
假象何处不迷眼？
诱惑几时远身边？
熟视无睹自障眼，
头破血流怎能免？
先祖血，吾辈汗，
唯勤勉，莫怠慢。
与君掏心肝，
请君听我肺腑言：
国无千年富无三，
创业艰难守更难。
历来教训深似海，
成由勤俭败由贪。
鹿台珠宝埋商主，
酒池脯林覆夏船。
国破家亡天人怨，
贪腐堕落总根源。
血泪恨，早成川，
桀纣魂断永无还。
虢国应殷鉴，
时人谁肯观？
后辙覆前辙，
万箭穿心肝。
请君冢顶望夕烟，
请君雨中瞰逝川。

寺庙

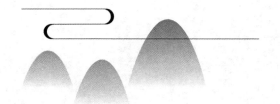

空相寺

宫阙峥嵘熊耳前，
陕原一望去天边。
八幅奇景来天外，
四大绝胜竟人间。
汉建中原第一寺，
古于少林四百年。
禅宗初祖安息地，
堪与白马称释源。

空相寺位于河南省三门峡市陕州区西李村乡的熊耳山下，有八大奇景、四大绝胜等。

"白马"指洛阳白马寺。

安国寺

金脊金檐金瓦当，
安国禅寺夜生光。
柏荫碑藓莲池碧，
朝雨夜灯梵呗扬。
砖木石雕惊壁画，
虫鱼鸟兽乱花香。
钟声应慰隋炀愿，
物阜民丰天地祥。

安国寺位于河南省三门峡市陕州区西李村乡元上村，"安国"为安国定邦之意。

砖雕、木雕、石雕为本寺最有特色的建筑艺术风格。

洪岩寺

万里关山古寺藏，
钟声梵呗涧溪长。
龙潭瀑布石门挂，
峭壁石佛霞外镶。
关帝龙王珍宝地，
仙人罗汉梦魂乡。
崖高横断红尘路，
云鹤不邀自入堂。

洪岩寺位于河南省三门峡市湖滨区高庙乡小安村关山之中。

云门寺

雾涌韶山吞碧空，
云门开处耸佛宫。
雕梁画栋炫金瓦，
曲脊飞檐唱梵铃。
玉磬木鱼和泉韵，
松风鸟语绕钟声。
南朝山水今尤绿，
烟雨楼台花更红。

云门寺位于河南省三门峡市渑池县城北的韶山主峰南侧。

鸿庆寺石窟

石窟雕刻北朝成，
鸿庆寺名武曌封。
明月开光金瓦殿，
朝霞照耀玉佛宫。
吻别场面人神泣，
降怪情形天地惊。
千载寺窟千载画，
万年艺术万年青。

鸿庆寺石窟位于河南省三门峡市义马市东南的常村镇石佛村。

"吻别场面"即释迦牟尼的犍陟马屈膝舐足，依依不舍的"犍陟吻别"浮雕。

"降怪情形"指妖魔鬼怪向佛进逼的"降魔变"浮雕。

黛眉庙

莲花台上黛眉庙，
水陆交通成地标。
碧瓦青砖松柏翠，
红墙金殿脊檐高。
小娥事迹鬼神泣，
圣母功德日月昭。
千古山拥民敬仰，
至今香火弥云霄。

　　黛眉庙，又名柏帝庙，位于河南省三门峡市渑池县南村乡西山底村，背依黛眉山而建。

城隍庙

凡有城池必有隍，
城隍终化护城王。
神通天地三千界，
威震阴阳十万方。
善恶忠奸生死报，
是非功过祸福偿。
红墙紫殿昭安乐，
玉磬金钟传顺祥。

城隍是古代中国宗教文化中普遍崇祀的重要神祇之一，大多由有功于地方民众的名臣英雄充当，是中国民间和道教信奉的守护城池之神。

卢氏城隍庙

红墙碧瓦洛河旁,
紫殿朱阁掩庙堂。
信众游人香火盛,
金钟玉磬梵声长。
神通天地三千界,
威震阴阳十万方。
护佑一方成乐土,
古来谁不仰城隍?

卢氏城隍庙位于河南省三门峡市卢氏县城中华街北侧。

太初宫

紫气东来化绛宫，
道德问世鬼神惊。
五千文字灼星汉，
亿万经籍步影踪。
滚滚道源河涧水，
悠悠梵呗磬钟声。
雄关依旧绛宫在，
西望至今盼圣翁。

太初宫位于河南省三门峡市灵宝市函谷关东城门右侧，老子在此写下了《道德经》五千言。

太阳村三清观

太阳村里三清观，
碧瓦青砖蓝于天。
暮鼓晨钟融日月，
朝霞晚露醉云烟。
道德文化传承地，
慈善和谐培育园。
同治身国千古范，
功德无量胜桃源。

三清观位于河南省三门峡市陕州区西张村镇太阳村内。

关隘

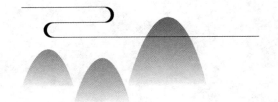

函谷关

雄关道场仅隔墙，
函谷深涵谁细想？
紫气东来福战地，
硝烟四散喜蚕桑。
千言老子千金重，
几代王朝几帝彰？
骑马公孙矫马色，
学鸡门客盗鸡腔。
战国箭库刚蒙土，
秦汉狼烟又掩阳。
项羽小家焚要塞，
终军大志拓边疆。
故宅桑木马嵬朽，
灵宝桃林花果香。
凭险固国谁见固？
人心稳固国自强！

　　函谷关位于河南省三门峡市灵宝市北的王垛村，曾发生白马非马、鸡鸣狗盗、终军弃缥、玄宗改元等故事。

　　马嵬指马嵬坡。

雁翎关

东瞰洛川天地远，
西瞻华岳晚霞鲜。
夏皋墓地千山树，
秦晋战场万垦田。
绣岭云横宫影匿，
响屏山应脚声还。
狼烟无觅和风细，
关隘有闲弄翠岚。

雁翎关位于河南省三门峡市陕州区菜园乡与宫前乡交界处，附近有夏后皋墓地、绣岭宫遗址、响屏山等。

硖石关

函谷穿崤壁立天，
猿愁虎恼惧登攀。
文王避雨岩台净，
秦晋挥军涧水寒。
丝路古辙通万里，
故城遗址越千年。
金兵曾犯关前寨，
百姓至今忆彦仙。

　　硖石关位于河南省三门峡市陕州区硖石乡硖石村，附近有文王避风雨台、秦晋崤之战遗迹、硖石县城遗址，以及北宋名将李彦仙抗击金兵的三觜寨等。

朱阳关

朱阳关自鹳兜建，
鄂豫陕边龙虎盘。
威震伏牛八百里，
名扬华夏五千年。
州乡郡县轮番驻，
危难险急总负担。
山野民风千古厚，
鹳河鲵唱至今喧。

  朱阳关位于河南省三门峡市卢氏县境西南部，相传因三皇五帝时的鹳兜氏与丹朱氏在老灌河上游筑朱阳关而得名，史上曾先后设县置郡等。

铁锁关

箭岭横空铁锁寒，
猿猴虎豹惧攀缘。
闯王破取鬼神泣，
金宋争夺天地翻。
湖北来卢无二径，
红军入陕第一关。
人生坎坷何需叹，
除却雄关不为难。

　　铁锁关位于河南省三门峡市卢氏县官坡镇兰草村箭杆岭上，曾是宋金之间争夺的要地。李自成、红三方面军及红二十五军等，均在此战斗过。

古道

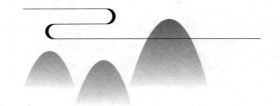

石壕古道

岩上车辙半尺深，
石壕古道五千春。
丝绸瓷器畅欧亚，
车马驼铃乱瑟琴。
牵线搭桥福世界，
传经送宝铸金樽。
虽闻杜甫《石壕吏》，
更见中华日月新。

石壕古道遗迹位于河南省三门峡市陕州区硖石乡车壕村东南，2014 年 6 月 22 日，崤函古道石壕段被第 38 届世界遗产大会正式列入世界遗产名录。

三门峡黄河古栈道

鬼哭神嚎人啸滩，
三门峡谷浪涛天。
悬崖栈道云中缕，
赤臂纤夫背上船。
秦汉存亡三尺道，
隋唐成败两根弦。
而今一坝安澜毕，
岸北岸南车往还。

黄河古栈道位于河南省三门峡市三门峡大坝下游北岸紧靠黄河的陡壁悬崖上，共有两条。

阳壶古道

阳壶古道洛并连，
一线苍茫山水间。
双乳峰高惊旅雁，
五神庙老叹桑田。
济民渡口车船竞，
下马牌前君侯谦。
吕相功德青史载，
桓陵草木至今鲜。

  阳壶古道位于河南省三门峡市渑池南村乡黄河岸边的济民渡口，是古代由洛阳入山西的重要通道。

  吕相指北宋宰相吕蒙正。

  桓陵指周桓王姬林的陵墓，在阳壶古城边的凤凰山巅。

古渡

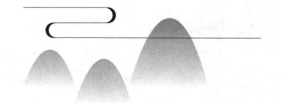

风陵渡

风陵屹立豫晋陕，
风后女娲皆祖先。
渡口千年殷守望，
黄河万里为折弯。
咽喉要道硝烟去，
水陆通津车舸还。
桥跨霓虹惊日月，
楼擎两岸竞云帆。

　　风陵渡位于黄河东转的拐角，是豫晋陕三省的交通要塞，向来为兵家必争之地，是黄河上最大的渡口。

　　相传黄河北岸有女娲陵墓，因女娲姓风，陵墓称风陵或风陵堆，其下黄河渡口故称风陵渡。

太阳渡

太阳渡罢嫦娥渡，
新桨畅波旧桨枯。
人去人来帆影过，
船来船去浪花逐。
岸田时见流沧海，
青苇冬来变雪芦。
彼岸人生波浪外，
拼搏不力葬舳舻。

太阳渡位于河南省三门峡市陕州风景区内，是连接晋豫的古渡口之一。

舳舻指首尾衔接的船只。

茅津渡

平陆会兴沙岸缓，
黄河飞浪顿安澜。
八方商贾争来会，
四海舟船竞往还。
古道车尘翻柳浪，
茅津渔火撼星天。
登临选胜笑多虑，
一望尽皆诗画篇。

　　茅津渡位于河南三门峡市湖滨区会兴镇和山西运城市平陆县茅津镇之间。

济民渡

碧水两堤柳蔽天，
扁舟几叶往晴岚。
一桥飞架彩虹驻，
八仙欲回信步还。
漕运影踪高铁旁，
阳壶古道酒村前。
新津已胜蓬莱岛，
古渡犹思伊甸园。

济民渡位于河南省三门峡市渑池县南村乡，又称利津古渡。

桥梁

杨连弟大桥

桥中曾是第一高，
战火之中已断腰。
天堑飞人谁敢想，
云巅作业雁难飙。
清江泪奔年年泣，
黄海情深日日潮。
桥命人名鲜有见，
英雄名刻最高桥。

　　杨连弟大桥位于河南省三门峡市陕州区观音堂镇和硖石乡之间，是陇海铁路线上最高的桥梁。

　　铁道兵杨连弟曾登高抢修该桥，后杨连弟在抗美援朝中为抢修清川江大桥光荣牺牲。

石壕石拱桥

祖肩弓背百千年，
日夜送迎心自甘。
骤雨浑洪随肆虐，
狂风暴雪任严寒。
天灾人祸众生避，
地动山摇独自担。
莫道石桥如草芥，
千秋万代胜佛庵。

石壕村位于河南省三门峡市陕州区观音堂镇，村子里到处可见石头、石房、石窑、石墙、石桥等。

九孔桥

不需跪拜烧香祷，
普度众生心自掏。
人踏车压身俱舍，
神功佛法影难捞。
顶天立地涛中唱，
逐利争名水底抛。
可叹万间佛庙殿，
不及九孔老石桥。

　　九孔桥位于河南省三门峡市湖滨区青龙涧河与茅津路交叉处，是中华人民共和国成立后三门峡市较早建成的石拱桥。

陵墓

夏后皋墓

为国征战雁翎关，
流箭飞镖剑影寒。
宁死忧劳兴祖业，
不生安乐败家园。
子孙不肖夏桀后，
社稷永失商鼎前。
铁马嘶鸣尤在耳，
夏皋荒冢不堪观。

夏后皋墓位于河南省三门峡市陕州区东南雁翎关北麓。
夏桀为夏后皋之孙，是史上有名的暴君和亡国之君。

谒关龙逢墓

大厦将倾谁救挽？
龙逢宁死不旁观。
面陈暴主浑身胆，
手捧黄图一片肝。
夏祚未延千古恨，
直臣永住万年传。
坟前莫叹兴亡事，
好让忠魂安九泉。

关龙逢墓位于河南省三门峡市灵宝市函谷关镇孟村，关龙逢是夏末大夫、谏官。

暴主指夏桀。

黄图是古代王朝绘制的宣扬帝王祖先克勤克俭，励精图治的图画。

戾太子冢（三首）

其一

如山荒冢傍荒山，
似泪鸠河哭面前。
太子蒙冤天地悲，
皇孙遭戮鬼神寒。
虎毒食子谁人信，
宫斗灭亲骨肉残。
何物人间翻恶浪，
千夫所指是专权。

其二

子孙冤恨死湖县，
荒冢三连鸠水前。
春去秋来天色冷，
乌啼月落水声寒。
早知权杖毒于虎，
宁舍皇冠苦耕田。
可叹千年空怨愤，
鸠河一去不回还。

其三

魂飘冢顶望长安，

愈望长安愈犯难。

意重情深娘自尽，

义绝恩断父难迁。

情仇爱恨不堪想，

幽怨哀怜岂忍观？

纵有青山村野护，

杜鹃鸠水泣年年。

戾太子冢位于河南省三门峡市灵宝市豫灵镇底董村，附近有两个皇孙冢及望思台、思子宫遗迹。"太子"指汉武帝的嫡长子刘据，他因巫蛊之祸逃往湖县（今灵宝市）泉鸠里（今底董村），后因拒捕自缢，其二子亦被杀，同葬于底董村十二里河（古名鸠水）岸边；"戾"为汉宣帝刘询继位后，为祖父刘据追加的谥号。

刘据生母卫子夫因支持刘据而自尽。

楚坑

秦军降楚二十万，
坑戮只留三将还。
阴险武安难虑后，
歹毒项羽不思前。
一支短剑长平叹，
四面楚歌垓下寒。
国立何需白骨祭，
三章约法定长安。

楚坑位于河南省三门峡市义马市千秋镇。

项羽坑杀了二十余万秦国降兵，只留了三个将领。

秦将武安君白起，在长平大败赵军后，坑杀降卒四十万。

刘邦率军攻入关中后，宣布了三条法律保护百姓，建立了西汉，
定都于长安。

后庭花破子
虢国车马坑

虢国车马坑，
千古军阵雄。
堪媲兵马俑，
还高六百龄。
鬼神惊，
辚辚车至，
萧萧战马鸣。

虢国车马坑位于河南省三门峡市湖滨区上村岭，坑内保存有战车、战马，出土文物达 17000 多件。

章台柳
虢国车马坑

文物繁，
如星汉，
玉铁铜金乱花眼。
取火阳燧天下鲜，
更有中华第一剑。

虢国车马坑中出土的玉柄铜芯铁剑，被确认为我国最早的人工冶铁实物，将中国冶铁的年代上溯了 1 个多世纪，堪称"中华第一剑"。

古塔

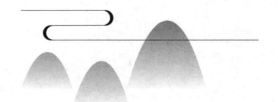

宝轮寺塔

唐修宝塔陕州城，
拔地穿云摩碧空。
西望黄河天际至，
东观红日海中升。
朝擎彩笔描诗画，
夜唱风铎醉月星。
四大回音年最久，
千年蛙唱至今清。

宝轮寺塔位于河南省三门峡市陕州风景区，距今已有800余年，是中国四大回音建筑中年代最久的建筑。

达摩塔

七级灵塔顶莲台，
八面修身檐翼开。
破雾刹尖天际去，
雕花基座地心来。
禅宗功绩风铎颂，
初祖传奇龛牖埋。
塔影无声随短淡，
常随日月慰青苔。

达摩塔位于河南省三门峡市陕州区西李村乡空相寺院内。

初祖指禅宗达摩祖师，他圆寂后，就葬于定林寺（后改称空相寺）内。

雷公石塔

雷公石塔后唐建，
崖顶峰头望欲穿。
望断川原天地并，
望穿日月古今连。
韶山叠翠依然在，
渑水晴波照旧翻。
唯叹众生来复去，
纵超八阵又何谈？

　　雷公石塔位于河南省三门峡市渑池县韶山云门寺附近的峰头岩角，传为后唐渑人雷公受戒云门寺闲暇时所垒，可与八阵石图同称神奇。

　　韶峰叠翠、渑水晴波各为渑池八景之一。

亭台

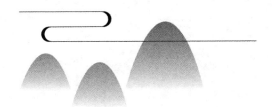

会盟台

秦赵会盟渑水旁，
唇枪舌剑斗锋芒。
昭襄令瑟击陶罐，
蔺相请咸做寿堂。
和议达成息战火，
盟台筑就望安邦。
雄姿夕照第一景，
天下美谈无二桩。

  会盟台位于河南省三门峡市渑池县城西南。史载，战国时期秦赵两国，通过艰苦激烈的谈判终成和议，并捧土埋枪，遂成会盟高台，且"盟台夕照"是渑池古八景之一。

望气台

小小关令大夙怀，
年年山顶望人才。
忽瞻紫气东来洛，
忙备珍馐遍扫宅。
斋戒辞官求著述，
学识卓见恐淹埋。
精诚终至老聃应，
方有道德望气台。

望气台位于河南省三门峡市灵宝市函谷关镇函谷关风景区内。

鸡鸣台

他国含恨史中多，
公子滞秦不可活。
狗盗一裘方释险，
鸡鸣半夜始得脱。
可怜孤雁失群体，
徒叹蛟龙远水波。
每望高台悬日月，
还哭游子度蹉跎。

鸡鸣台位于河南省三门峡市灵宝市函谷关镇函谷关风景区内。

梳妆台

梳妆台去知何在？
贯耳贺诗稍释怀。
放眼山河天上挂，
低头云蕊坝前开。
有心作画霓虹笑，
无意放歌鸟语埋。
遂驾龙舟湖上荡，
牛郎织女镜中来。

梳妆台是屹立于黄河三门峡峡谷中的一个小石岛，1957年兴建三门峡大坝时，鬼岛、神岛、人岛和梳妆台同时被炸掉，只有炼丹炉和中流砥柱岛至今依然屹立于峡谷之中。

望思台

台愈高堆望愈空，
思愈深切心愈疼。
望思台上空自望，
望断秋雁天亦穷。
不见儿孙一丝面，
难闻嬉笑半音声。
唯有鸠水泪难尽，
还哭抱冤太子陵。

　　望思台遗址位于河南省三门峡市灵宝市豫灵镇底董村太子冢和皇孙冢西北，原有望思台和思子宫，为汉武帝时所建，以表汉武帝对太子的哀思。

神雀台

神雀台前神雀鸣，
飞来飞去觅台踪。
唐宫废墟西山葬，
夏冢新曦东岳升。
绣岭云横生雪露，
崤陵风雨化霓虹。
沧桑世事流光过，
斗转星移河正东。

　　神雀台遗址位于河南省三门峡市陕州区菜园乡石门村南的绣岭坡上，附近有绣岭宫、夏后皋墓等。

　　绣岭云横和崤陵风雨各为古陕州八景之一。

文王避风雨台

崤山壁立敞胸怀，
脱厄文王避雨来。
风暴走石无坠路，
洪流卷岸有高台。
恰推周易乾坤转，
好待霓虹云雾开。
圣地深情铭事迹，
游人日月更徘徊。

文王避风雨台位于河南省三门峡市陕州区硖石乡硖石村东街北，临古淆水。

"脱厄"指周文王被商纣王拘于羑里后，周国重金购得珍宝美女送给纣王，周文王才得以出狱。

尊师亭教泽碑

植甫品节泣鬼神，
弃官执教惠乡邻。
春风化雨七十载，
桃李满园无限春。
一代宗师耀日月，
千秋功业壮乾坤。
亭中碑记树人撰，
不朽文传不朽人。

尊师亭位于河南省三门峡市卢氏县五里川镇，教泽碑置于其中，鲁迅亲书的教泽碑文刻于碑上。

曹植甫 20 岁时考中秀才，却不去当官，而是设校授徒，为山区教育做出了巨大贡献。

楼阁

迎祥阁

迎祥阁耸虢山顶，
三省风光一望中。
画栋西晴秦岭雪，
雕梁北壮晋邦城。
飞檐滴翠芳林茂，
曲脊弹琴百鸟鸣。
万里黄河歌舞在，
甘棠遗爱正春风。

迎祥阁位于河南省三门峡市陕州风景区虢山之上。

万寿阁

画栋雕梁松柏拥，
飞檐曲脊竞天宫。
二崤风雨凭来过，
万里河涛任送迎。
懒售名缰埋利锁，
勤敲暮鼓待晨钟。
红尘时被虹霞替，
万寿阁巅日月明。

万寿阁位于河南省三门峡市南山上阳苑景区。

思乡阁之年轻登临

思乡阁上喜凭栏，
归雁声洪天正蓝。
九曲黄河两岸护，
千山红叶万人怜。
霜飞日月春晖近，
雾失楼台天地连。
莫道浮云遮望眼，
随风万里挂归帆。

思乡阁位于河南省三门峡市陕州区温塘南侧高阳山上。

思乡阁之年迈登临

思乡阁上忍凭栏，
归雁声悲秋正寒。
万里黄河无复路，
千山红叶总归烟。
望穿日月春光老，
望断楼台故地偏。
尤恐浮云霜带雪，
红尘白发又一年。

谯楼望

一条黄河自天空，
二龙捧珠喜相迎。
三门峡上湖光艳，
四围山峦翠色浓。
五颜羞对金沙照，
六色难绘锦滩容。
七彩陶器庙底掩，
八阵车马岭上坑。
九仞宝塔竞砥柱，
十冬明镜照鹤鸿。
百眼温泉泽民众，
千树甘棠颂召公。
万声钟鼓谯楼起，
万家渔火茅津明。
千金贪得虞虢亡，
百病幸有扁鹊生。
十月禹门积雪厚，
九夏杨柳芙蓉红。
八面长云横绣岭，
七里古槐傲苍穹。
六朝空余空相寺，

五年传法佛心宗。
四柱牌坊污贞烈，
三间草堂铸清名。
二崤古道城前会，
一塔有声昭地灵。

谯楼位于河南省三门峡市陕州风景区，又称钟鼓楼，是古代进行瞭望、报时和报警的专用建筑，同时也是呼唤署衙官员作息朝会的号令处。

宫殿

绣岭宫

绣岭宫前无限景，
贵妃曾此动诗情。
红蕖入夏总谋面，
罗袖随风不见踪。
岭上轻云今尚雨，
坡前恩爱早成茔。
天长地久谁听唱，
花自飘零鸟自鸣。

绣岭宫位于河南省三门峡市陕州区菜园乡石门村南的绣岭坡上。

"诗情"指唐代杨玉环所作《赠张云容舞》诗："罗袖动香香不已，红蕖袅袅秋烟里。轻云岭上乍摇风，嫩柳池边初拂水。"

"坡"指马嵬坡。

慈禧行宫

狼狈西逃羡马棚，
堂皇东返串行宫。
千金筑殿为一饭，
万费修阁为半瞑。
画栋愁留存柱础，
雕梁笑送向东陵。
青砖有意埋贪妇，
碧瓦无辜掩丑行。

慈禧行宫位于河南省三门峡市义马市下石河村。

吊思子宫

太子蒙冤迹尚在，
鸠山鸠水觅尘埃。
喜观青冢植新树，
难觅汉皇望思台。
思子宫阁无片影，
入眸丘壑尽苍苔。
怜憎自在民心底，
存废全从爱恨来。

牌坊

周召分陕石

分陕东西周召主，
功高盖世众生福。
国人暴动难伤本，
宜臼东迁尤作都。
周祚泽披八百上，
陕西名谓至今呼。
碑碣钟鼎多无数，
最早界石名盛符。

分陕石，青色石柱，高 3.5 米，原立于三门峡市陕州南边的土塬之上，后移至陕州北城墙上，现存于三门峡虢国博物馆。

陕州石牌坊

四柱三楼三过门，
飞檐斗拱挂祥云。
武将文臣东边刻，
仙鹤神龙西面纹。
狮子麒麟千百态，
菊花菡萏万千颦。
召棠风范至今在，
恩翰三锡何处寻？

　　陕州石牌坊位于河南省三门峡市陕州风景区内。

　　相传明嘉靖年间，有富豪在承修大地震中倾倒的城郭工程时，与官方勾结，贪污了大批款项，坊额的"恩翰三锡"四字被百姓砸掉。

邵公碑楼

清代碑楼擎皓天，
飞檐庑殿画墙娟。
岁寒三友竞霜柏，
门纳五福绽牡丹。
字秀文工联至理，
龙飞凤舞鹤延年。
流芳千古公德厚，
永世禄福子孝贤。

邵公碑楼位于河南省三门峡市灵宝市苏村乡东里村，砖砌庑殿式建筑，碑体上有许多精美的浮雕和对联，碑文记述了邵全仁资宏量大、恤孤赈贫的功德，为邵全仁二子于道光十五年（1835）所立。

楼上曲

北厥山牌坊

彭太牌坊儿树建，
千雕万刻寄思念。
马上封侯凤鹿欢，
弃官奉母托心肝。

壶政流芳千古范，
彤管扬麻万家盼。
家国同治素身担，
孺人封号万年传。

北厥山牌坊，位于河南省三门峡市灵宝市尹庄镇北厥山村，为儿子纪念母亲彭太（获孺人封号）修建，上刻许多人物、动物图案及雕區对联等。

"壶政"即家政；"彤管扬麻"意为妇人的德行值得颂扬且能够福荫后代。

鹧鸪天
函关夹辅谜解（二首）

其一

南北十里曾设关。
风水宝地天下鲜。
古村四周无俗景，
层楼之下有洞天。

其中谜，
已了然：
函关夹辅天下贤。
灵竹善在更身后，
孟尝逆旅恰情缘。

其二

函关夹辅辅谁辕？
灵竹善在在哪庵？
鸡鸣狗盗尚急去，
孟尝逆旅更何谈？

北有隘，
南有关。
人杰地灵天下鲜。

名不虚传

> 古村四周尽美景，
> 层楼之下尤洞天。

　　函关夹辅位于河南省三门峡市灵宝市城北孟村，为砖木结构，歇山顶式二层建筑，外门额上书有"函关夹辅""灵竹善在"，内门额上书有"孟尝逆旅"。

村庄

赵沟村

三山环抱林荫掩，
一水中分村野连。
祠庙戏楼间古木，
鸡鸭浣女恋清泉。
石街石巷石屋舍，
石凳石桌石碾盘。
耕读传家尤可贵，
书山笔架胜桃源。

赵沟村位于河南省三门峡市渑池县段村乡，由石头建成的古建筑在这里随处可见，周围的笔架山、书山等，如画屏一般。

村人历来重视教育，耕读传家，中华人民共和国成立后，这里不断有人考入国内知名大学。

石壕村

烟村古道小桥躬，
孤庙石房老树青。
万壑千山曾驻马，
千家万户尽称东。
少陵一曲《石壕吏》，
天下九州举世名。
沧海桑田时有变，
民风纯正永无倾。

　　石壕村位于河南省三门峡市陕州区观音堂镇，地处崤函古道，杜甫的《石壕吏》写的就是这里。

唐凹村

古庙古碑傍古村，
古屋古柏忘冬春。
石槽石磨群鸡闹，
石碾石礅卧犬昏。
把铲村翁忙地垄，
捏糖老妪逗玄孙。
青砖碧瓦夕阳暖，
明月清风朝露新。

唐凹村位于河南省三门峡市湖滨区高庙乡。

后地村

四面果园三面河，
一村枣树半村荷。
青砖碧瓦飞金燕，
红杏紫玫醉玉娥。
千载枣林天下少，
万幅书画巷中多。
皇天不负英雄汉，
后地人民正凯歌。

后地村位于河南省三门峡市灵宝市大王镇西北部的黄河半岛之上，有千年古枣林、千亩鱼塘、荷塘、杏园、玫瑰园等。

院落

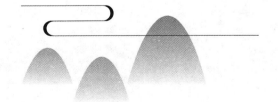

陕州地坑院

闻犬听鸡不见庄，
进庄不见住家房。
忽惊童子土中冒，
疑是行孙地下藏。
院内桃红花圃绿，
窑前砖碧玉茭黄。
家家户户四合院，
地下居然多殿堂。

  陕州地坑院位于河南省三门峡市陕州区张村乡、张汴乡，被誉为"地平线下古村落，人类穴居活化石"。

陕州兀家大院

兀家大院明时建,
碧瓦青砖蓝于天。
花鸟砖雕喧影壁,
檩梁彩绘炫廊檐。
鲜活艺术三千处,
凝固乐章十万篇。
华夏文明昭日月,
陕州建筑壮山川。

陕州兀家大院位于河南省三门峡市陕州区原店镇。

石佛村李家大院

李家大院建咸丰，
当地人称五过庭。
碧瓦青砖佛寺羡，
飞檐曲脊鹿山惊。
高门亮户阶苔绿，
画栋雕梁廊柱红。
沧海桑田多少变，
年年紫燕唱新声。

　　李家大院位于河南省三门峡市义马市区东南角的石佛村，院旁有全国重点文物保护单位鸿庆寺石窟，石窟的背后就是白鹿山。

尹宅疑云

大夫不做做关令，
已比群昏高几层？
龙撂浅滩随老死，
谁管紫气往西东？
若无尹喜精诚至，
岂有道德举世称？
庙观宫祠多少座，
真人几处坐当中？

尹喜故宅位于河南省三门峡市灵宝市北的王垛村函谷关景区内。

如梦令
草堂春晓

新竹金柳暖窑，
草堂粉杏红桃。
蝶舞燕翻处，
漫天李雪飘飘。
春晓，
春晓，
亮透日月云霄。

魏野草堂遗址位于河南省三门峡市湖滨区三里桥村，草堂春晓
为陕州古八景之一。

教育基地

红二十五军军部旧址

兰草山环铁锁封，
红军飞渡又一城。
三千将士刚扎寨，
五百青年即入营。
秣马晴川图万里，
厉兵雪夜待长征。
江山不负英雄志，
遍野漫山松柏青。

红二十五军军部旧址位于河南省三门峡市卢氏县官坡镇兰草中学院内，是当年红二十五军程子华、徐海东等将军办公居住的地方。

八路军渑池兵站

地接陇海靠南韩，
兵站藏龙渑水前。
弹药物资集散地，
师生干部往来轩。
枪林弹雨舍生挡，
剑影刀光忘死担。
抗战功勋神鬼泣，
至今青瓦比天蓝。

八路军渑池兵站位于河南省三门峡市渑池县城关镇东关小寨村。
"南韩"指渑池县南村至宜阳县韩城公路。

谒陕州烈士陵园

华夏危难谁舍命？
英雄热血化长虹。
硝烟战火刀枪远，
绿水青山日月明。
松柏有情陪四季，
崤山无悔守终生。
三生三世披泽厚，
一岁一来愧比松。

　　陕州烈士陵园位于河南省三门峡市陕州区大营镇温塘村刘秀山下。

甘棠苑

亭台楼榭绿云间，
殿馆斋堂曲水前。
棠树千棵花万圃，
莺声一片乐无边。
浮雕名匾高低挂，
蜡梅牡丹次第鲜。
山拱河揽天地护，
召公遗爱至今传。

　　甘棠苑也称召公祠，位于河南省三门峡市陕州风景区内，是在原召公祠的遗址上修建的集人文景观与园林艺术为一体的旅游景点和廉政教育基地。

历史人物

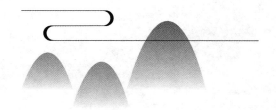

渔歌子
老子（二首）

其一
姓李名耳字伯阳，
来去奇闻自古长。
犹龙往，
似神匡，
紫气流沙到胡邦。

其二
五千文字贵玉璜，
八万宫观遍城乡。
佛家傍，
道家扬，
老子天下第一章。

老子，一说即老聃，姓李，名耳，字聃，又字伯阳。春秋时期思想家、哲学家、文学家，道家学派创始人和主要代表人物，所著《道德经》是全球文字出版物中发行量最大的著作之一。

尹喜

辞朝甘作函关令，
终见东来紫气升。
求著道德防逝灭，
更编关尹力传承。
生随恩师传经典，
死葬师乡作墓茔。
道教高徒无二属，
开山立派第一功。

尹喜，周朝函谷关令，著有《关尹子》。

杨震

一身正气走人寰，
两袖清风树政坛。
三鳣讲堂泽百代，
四知佳话颂千年。
宁吞鸩酒死亭下，
不作奸人活世间。
高贵品节神鸟泣，
墓前赞叹至今喧。

杨震，字伯起，东汉弘农华阴（今陕西华阴东南）人，少好学，明经博览，屡召不应，曾有鹳雀衔三鳣鱼飞到他的讲堂，有"天知、神知、我知、你知"的拒贿佳话流传。

陈廷贤

红军被堵大山中，
路在何方系死生。
侠义货郎招小道，
金汤敌阵化衰蓬。
坚辞二百银圆谢，
只要三千鱼水情。
不朽功勋铭万古，
布衣军史第一名。

　　陈廷贤（1912—1984），男，山西省晋城人。因带领红二十五军从一条蚰蜒小道突破敌人的围追堵截，而被载入中国工农红军第二十五军军史，被称为"军史布衣第一人"。

魏野归宿之歌

滚滚红尘里，
忙忙又碌碌。
无尽的奋斗，
无尽的前途。
无尽的荣华，
无尽的沉浮。
直到海角，
不见归路。

有个渔夫，
在那儿摆渡。
一叶扁舟，
一群鸥鹭。
一双儿女，
一只茶壶。
那叶扁舟，
可是我的归宿。

滚滚红尘里，
笑笑又哭哭。
无尽的争斗，

无尽的荣辱。
无尽的恩怨，
无尽的孤独。
直到天涯，
不见归路。

有个农夫，
在那儿耕锄。
一畦菜地，
一间茅屋。
一双儿女，
一只茶壶。
那间茅屋，
可是我的归宿。

魏野（960—1019），北宋诗人，陕州（今河南省三门峡市陕州区）人，一生清贫，不随波逐流，为后人称道。

非物质文化遗产

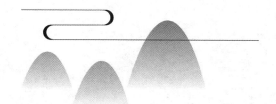

灵宝卢氏剪纸

一刀半纸飞花瓣，
三剪两裁叹壮观。
花鸟虫鱼争绮丽，
仙人禽兽舞蹁跹。
逢年过节家家贴，
嫁女迎妻户户粘。
千古传统千古技，
万年艺术万年传。

灵宝、卢氏剪纸，是豫西民众寄托思想、表达情感和美化生活的必不可少的艺术手段，于 2008 年被评为国家级非物质文化遗产项目。

老子传说

生苦生涡争百年，
犹龙犹圣道千般。
白眉白发白胡子，
青履青牛青布衫。
紫气东来关令喜，
黄沙西去鹤云连。
老君丹灶至今在，
宫观道德万古传。

在灵宝当地，关于老子著经、紫气东来等故事和传说举不胜举，与传说相关的函谷关、老君塬等文化遗址、地名、风物、建筑沿用至今。2014 年 11 月 11 日，老子传说被列入第四批国家级非物质文化遗产代表性项目名录。

地坑院营造技艺

平地挖坑四面墙，
墙中凿洞做厅堂。
青砖拦马连坡道，
碧瓦滴檐罩走廊。
星牖月窗门首饰，
仙桃玉李院心妆。
地坑院艺巧天下，
冬暖夏凉宅舍王。

2011 年，陕州地坑院营造技艺被列入国家级非物质文化遗产名录。

"拦马"指拦马墙。

大山

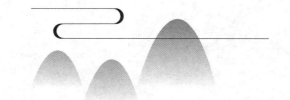

中流砥柱

中流劈地卷山来，
砥柱擎天迎浪栽。
声震山河天地动，
气冲霄汉彩虹徊。
狂风暴雨何足惧？
铁骨钢筋任打拍。
笑瞰春潮连海浪，
山光水色胜瑶台。

中流砥柱位于河南省三门峡市三门峡大坝下方的激流之中。

崤山

崤山舞剑乱霄汉，
斩浪劈波云海间。
西剪穹窿合地尽，
东托日月与天连。
龙盘虎踞神仙地，
鸟语花香世外天。
修道成佛无二处，
俗身登此远尘寰。

　　崤山位于河南省三门峡市，是秦岭山脉东段的支脉，山势高峻，峡谷深幽，常与函谷关并称崤函，是历代军事战略重地。

高阳山

高阳山海傍温泉，
虎踞龙盘云雾间。
刘秀峰接王莽寨，
莲花寺对大河湾。
天梯可达九重宇，
石道能穿万丈关。
曹祖池前当奋勇，
思乡阁上正晴天。

　　高阳山位于河南省三门峡市陕州区温塘村，周围有温泉、刘秀峰、光武洞、王莽寨、曹祖池、摩崖造像、思乡阁、天梯台阶等。

卧佛山

辟地开天佛已卧，
三皇五帝任争夺。
秦皇汉武风烟散，
宋祖唐宗云雨涸。
不求众生抛利醒，
仍将万物用身驮。
春风不语花千壑，
智水仁山早为佛。

卧佛山位于河南省三门峡市陕州区宫前乡雁翎关东北不远处。

娘娘山

终身不嫁事神山，
国泰民安姐妹牵。
秦岭雪樵堪敬仰，
瑶池金井岂荒耽？
望乡崖上七星照，
石瀑布前五子欢。
雨顺风调千载誓，
庙中颂唱至今喧。

娘娘山位于河南省三门峡市灵宝市焦村镇。

山中有望乡崖、石瀑布、七星潭、五子石、瑶池、金井等众多景点，秦岭雪樵更是灵宝古八景之一。

寺河山

遍野漫山苹果园，
浪峰波谷叶相连。
春风送暖花千树，
秋果飘香霞满天。
火树银花惊碧宇，
天香仙味醉人间。
玉皇应悔蟠桃地，
王母岂知有此山。

寺河山位于河南省三门峡市灵宝市寺河山乡，盛产优质苹果，素有"亚洲第一高山果园"之誉。

汉山

七寺八庵九道宫，
千沟万壑遍山松。
仙人对弈三皇洞，
祖师通天五乳峰。
一线吊夫石虎望，
玉皇祈雨老鸦听。
仙山曾引玄天住，
名字亦由光武封。

　　汉山位于河南省三门峡市灵宝市故县镇，景区内有仙人脚、祖师庙、对弈处、三皇洞、玉皇阁、祈雨潭、一线天、通天梯、五乳峰、吊夫崖、石虎等景观。

　　老鸦，即老鸦岔，为河南省第一高峰。

　　据说，汉山之名为曾在这里隐身避难过的汉光武帝刘秀所封。

玉皇山

玉皇山海浪涛天，
虎跃龙腾云雾翻。
潭影写真无俗画，
岩崖侧耳有流泉。
花香草绿林岚翠，
鹿唱麝鸣鸟语喧。
世外桃源终此觅，
游人何必慕神仙！

　　玉皇山位于河南省三门峡市卢氏县狮子坪乡淇河林场，是一处物种丰富、景象万千的天然乐园。

毛公山

青山着意塑毛公，
气宇轩昂眉目清。
长颔文韬香草木，
高额武略笑云峰。
神凝日月乾坤亮，
魄化虹霓风雨晴。
万紫千红观不够，
中华大地正春风。

毛公山位于河南省三门峡市卢氏县朱阳关镇。

韶山

舜帝曾巡无数山，
奏韶偏爱有因缘。
韶峰叠翠千秋画，
涧水翻涛万朵莲。
峻秀雄奇云雾爱，
幽深清静世人怜。
飞禽走兽乐林海，
古寺钟声浓翠岚。

韶山位于河南省三门峡市渑池县坡头乡，以峻秀雄奇为显著特色，韶峰叠翠、涧源春涌各为古渑池八景之一，主峰南侧有云门寺。传舜帝曾在山上演奏韶乐，韶山因此得名。

五凤山

五凤山海浪涛翻，
霞蔚云蒸龙虎盘。
点将台呼安乐寨，
观音涧唱马跑泉。
木兰威镇九龙洞，
鹰嘴高啄一线天。
寺庙烟村松柏护，
清风明月正盘桓。

五凤山位于河南省三门峡市渑池县仁村乡境内，有点将台、安乐寨、观音涧、马跑泉、木兰山、九龙洞、鹰嘴山、一线天、民居、寺庙等百余个自然及人文景观。

黛眉山

谁上南天独立巅，
抱犊望相早幡然。
梳妆台畔揖元帅，
息壤峰前警睡仙。
月老同情托燕子，
凤凰浴火拜金坛。
佛陀千万来听候，
钟爱黛眉亿兆年。

　　黛眉山位于河南省三门峡市渑池县北部南村乡西山底村，由梳妆台、南天门、钟峰、望相峰、月老峰、抱犊峰、凤凰岭、燕子峰、金坛峰、睡仙峰、息壤峰、千佛山、万佛山、大独立峰、小独立峰、元帅寨等 16 座山峰组成。

清风山

雨霁青山晋水明，
天高莺脆燕身轻。
千年古道依新道，
一代新城掩故城。
西苑芳林蒸紫气，
清宫碧瓦映霓虹。
人间方丈神仙地，
明月清风醉寺钟。

　　清风山位于河南省三门峡市义马市河口村晋水北面，山腰建有
清风寺，山下可望新安故城及慈禧行宫。

石大山放歌

空山无束地，
喜怒不需衣。
想笑您随笑，
欲啼我就啼。
一呼山百应，
万转水常依。
仰望星河灿，
坐观云雾低。
身心随远近，
日月任东西。
鸟语林间畅，
花香四季弥。

石大山位于河南省三门峡市卢氏县官道口镇，为崤山西部山峰。

亚武山

境媲武当秀，
险追西岳愁。
岩崖云上殿，
峰恋雾中舟。
水洒松滴翠，
岚浓虹戏虬。
蜂飞蝶舞乱，
燕唱莺歌悠。
溪畔芳花艳，
枝间野果稠。
葡萄攀软枣，
桃李乱猕猴。
顺手一颗杏，
落莓满裤兜。
石板能做床，
苔锦可缝裘。
暮鼓晨钟和，
梵音群鸟诌。
洞天福万代，
庵庙佑千秋。
人在山中走，

心觉画里游。
一阶一片景，
直似到瀛洲。

亚武山位于河南省三门峡市灵宝市豫灵镇。

楼上曲

甘山

谁觅桃源开画卷？
无边景色随时绚。
蝶舞蜂飞群燕翻，
谷幽岭翠三伏寒。
霜染层林红叶艳，
雪耀晴日琼都暖。
从今莫怕事多烦，
甘山一入半神仙。

甘山位于河南省三门峡市陕州区店子乡。

踏莎行
燕子山

燕子来时，
山花烂漫。
峰巅四望碧波滟。
长寿峡外绿云闲，
忘忧谷里蛱蝶乱。

燕子归时，
层林尽染。
风霜不谢秋冬艳。
金菊红叶笑夕阳，
紫凌白雪成琼苑。

燕子山位于河南省三门峡市灵宝市川口乡。

大峡谷

三门峡

三门峡谷斧劈成，
九曲夺人神鬼惊。
万仞岩崖悬栈道，
中流砥柱竞张公。
千年大禹愁浊浪，
一坝横空笑彩虹。
山映湖光云鹤舞，
圣人遍地看河清。

　　三门峡位于河南省三门峡市区东北部，相传大禹治水，挥神斧将高山劈成"人门""神门""鬼门"三道峡谷，引黄河滔滔东去，故得名。

仰韶大峡谷

百里大峡百里屏，
万幅画卷万幅雄。
神龟潭瀑琴台伴，
龙虎洞庵仙境通。
禅路生苔登绝壁，
奇峰落日照金灯。
同歌共舞野人谷，
如醉如狂不愿停。

　　仰韶大峡谷位于河南省三门峡市渑池县，有仙峡、神龟峡、龙虎峡、金灯峡、野人谷等景区，游客还可以和其中的"原始人"进行交流、一起跳舞。

黄河丹峡

十里丹峡十里景，
亿年崖壁亿年红。
天坑地缝神猴望，
地质天书官印封。
龙瀑凤潭仙女洞，
石人钟乳骆驼峰。
黄河垂钓漂流畅，
滑索飞车云雾惊。

　　黄河丹峡位于河南省三门峡市渑池北 21 公里黄河岸边，整条峡谷由红色石英砂岩构成，有天然壁画、神猴望月、石人山、钟乳石、骆驼峰、仙女洞、官印台、地质天书、天坑地缝、龙凤潭、龙瀑等景点，还有滑索、高空飞车等休闲娱乐项目。

石峰峪

一河三峪四时殊，
百嶂千峰万卷图。
瓦庙鬼梯一线道，
禅林独树百坪屋。
桥分天地溪潭净，
蛋谓凤凰寺塔崒。
能此身行十里路，
胜读孔孟五车书。

石峰峪位于河南省三门峡市渑池县段村乡，有鬼梯、一线天、天桥、地桥、凤凰蛋、观音禅林寺，以及冠幅巨大的汉代古柏等。

豫西大峡谷

六十六峡二百山，
九十九瀑四千潭。
悬崖绝壁泄珠玉，
幽谷青峰抱翠岚。
红杏绿竹穿紫燕，
锦鸡梅鹿惊鴷獾。
漂流浪里洞天近，
愿作游客不作仙。

豫西大峡谷位于河南省三门峡市卢氏县官道口镇新坪村。

双龙湾

双岭如龙绕碧湾，
洛神乍望梦魂牵。
琼崖飞瀑生虹雨，
幽涧画舫入洞天。
水秀漓江尤舞雪，
山青九寨更插兰。
宓妃一吻千年醉，
顺帝三揖万古缘。

  双龙湾位于河南省三门峡市卢氏县双龙湾镇，因屹立着大龙头、小龙头两道山岭而得名，有多个只要有日出就会有彩虹的景点，乘船可以到达溶洞、闯王庙等。

  山岭上多生长兰花。

  "宓妃"是史书中的洛神；"顺帝"指闯王李自成。

洞天

九龙洞

云外青山藏洞天，
九龙仙境世间鲜。
石花钟乳香琼宇，
飞瀑暗河应玉銮。
数上棚楼无俗画，
遍观珠笋有瑶田。
游人只赞神工妙，
谁仰水滴亿万年？

　　九龙洞位于河南省三门峡市卢氏县双槐树乡，石洞呈多层结构，上有八层，人称"九棚楼"，下有大股泉水、深潭、暗河，哗哗作响，流出洞外。

铜鼓山溶洞

石笋石花石幔莹，
滴香钟乳醉叮咚。
大佛殿里神仙会，
藏秀阁中瑶蕊凝。
玉柱潭波明画卷，
石林宫阙暗龙庭。
人间果有桃源在，
太守诸来不必惊。

铜鼓山溶洞位于河南省三门峡市卢氏县双龙湾镇双龙湾风景区内，洞内分大佛殿、石林宫、藏秀阁、塔林、玉柱潭等，附近还有大小溶洞十余处。

乐天洞

凿窑名取乐天洞，
左右竹梅桃李松。
目送黄河浊浪远，
泉来苍岭翠岚浓。
勤编蓑笠尤织履，
才罢诗歌又抚筝。
图画幽居皇帝羡，
草堂春晓更钟情。

　　乐天洞遗址位于河南省三门峡市三里桥村，为宋初诗人魏野所凿，魏野在此筑草堂，琴诗其中。他高蹈不仕，将居所周围建设得景趣幽绝，遂使草堂春晓成为古陕州八景之一。宋真宗曾令人作图画，以供观看。

泉源

陕州温泉

山川如画已天恩，
还赐温泉四季春。
八里方圆同济世，
万吨日产更惊人。
硅酸锶钾矿泉水，
翡翠珠玑液体金。
此水只应天上有，
陕州宝地竟遂心。

陕州温泉位于河南省三门峡市西温塘村，水质极佳，富含偏硅酸、锶、钾、铁等微量元素，有明显的理疗保健作用。

陕州温泉分布面积达 4.1 平方公里，每日可开采 6000 吨，可与世界著名的法国维希温泉相媲美。

汤河温泉

温泉汩汩雾蒸蒸，
雪舞梅花崖柏青。
织女今天摘浪蕊，
牛郎明日踏涛声。
时逢盛世盖新殿，
裸浴习俗续古风。
千载良医无二属，
万年祛病第一功。

  汤河温泉位于河南省三门峡市卢氏县汤河乡，汤河温泉水从终年被冬青松柏覆盖的高山崖壁石缝中自然涌出，温度高达49℃，富含微量元素。

马跑泉

五凤山中马跑泉，
清波如泪恸苍天。
渑池县委留遗址，
海露青春妆宇寰。
战士无畏崖万丈，
狼牙壮举史重演。
凛然大义人神泣，
功溢甘泉勋盖山。

马跑泉位于河南省三门峡市渑池县仁村乡雪白村，这里曾是渑池县委和县政府驻地。

1948年2月"马跑泉事变"中，续海露被俘就义。宋明瑞等战士在射完最后一颗子弹后，毅然跳下悬崖，再现了"狼牙山五壮士"般的壮举！

河流

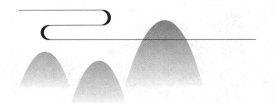

黄河

黄河万里九天来，
浊浪千寻两岸拍。
寂寂圣人思碧水，
茫茫禹迹老青苔。
横空一坝随虹起，
洪涝顿时伏首乖。
杨柳画船云鹤恋，
湖光山色壮瑶台。

涧河秋色

涧河美霸半边秋，
金柳火枫夹水流。
翠竹青松描碧宇，
丹阳银月醉兰舟。
一城山色争添画，
两岸风光竞入眸。
仙鹤只应天上见，
天鹅先遣又来游。

老鹳河

鹳兜常捕水中鲜，
老鹳河名从此传。
翠柳尤宜白鹳鸟，
晴川偏擅绿桑田。
南流江汉千顷碧，
北调京津万众欢。
两岸烟村连玉宇，
无穷活水有源泉。

老鹳河又名鹳河，因先民鹳兜常在此河捕鱼，或两岸绿树成荫，多鹳鸟栖息，故名老鹳河。

涧河春望

远山残雪渐苍茫，
隔岸柳烟添嫩黄。
遍地胚芽争破壁，
三春馥郁好闻香。

窗望涧河

楼前淌涧河，
碧水浮白鹅。
明月惊妍影，
朝霞泻浩歌。
春来杨柳绿，
秋去蜡梅灼。
谁料平常舍，
居然天上阁。

青龙涧河

青龙滚滚自崤山，
苍苍茫茫云海间。
一往无前思浩渺，
千回百转向天边。
无情绝壁飞身下，
万丈深渊舍命填。
魂入膏田催稻浪，
梦萦花海待桃甜。
蒸为云雾化虹彩，
埋进泥沙酿醴泉。
滴水穿石正砥砺，
洪波奔海恰扬帆。
清白宁可荡污秽，
生命何惜献世间？
载覆舟船明善恶，
滋养万物捧心肝。
抱村别墅连烟野，
过市高楼接碧天。
夹岸花堤杨柳绿，
满河金鲤苇荷鲜。
花开花落涧河靓，

春去春来涧水蓝。

水秀山清花胜火，

乐天何须忆江南？

青龙涧河简称涧河，发源于河南省三门峡市陕州区南部崤山，北入黄河。

"乐天"既指诗人白居易，又指想要快乐的人们的心愿。

春游涧河

梦祈夜雨晨来晴，
墨染山新旷野明。
涧洗蓝天晴日暖，
风梳翠柳玉兰红。
群蛙合唱燕歌舞，
油菜开花麦返青。
试箭芦芽争破浪，
殷勤布谷臊闲莺。
几家农户园中看，
遍地耧犁畦上行。
十里八桥才惜别，
三亭六榭又相迎。
数声鸡犬桃林外，
隔岸烟村绿雾中。
半掩半开无尘院，
一家一户有楼厅。
黄童见客嘻穿戴，
白叟停筶请品茗。
欲觅促织弹曲处，
却惊夕照换华灯。

雨中游黄河公园

云垂天地连，
雨洗万物鲜。
水墨描堤路，
珍珠泄河川。
花红羞焰火，
柳绿臊湖蓝。
人笑金亭下，
鸟歌翠叶间。
风箫驱暑气，
玫馥醉烟岚。
入耳尽天籁，
敞怀无须烦。
雾中生蜃景，
云外下游船。
忽疑俗身去，
人成天上仙。

黄河的颜色

几乎人人皆知，
黄河的颜色是黄色的。
因为，
黄皮肤是她的儿女，
黄土地是她的家乡；
她浇灌的秋天一片金黄，
她养育的鲤鱼长着金色的翅膀；
她的银行设在金脉涌动的山峦，
她的衣裳裁自金线织成的阳光；
她把希望缀满春天里遍地的鹅黄，
她总是把目光投向下一个辉煌。
是的，黄河的颜色是黄色的，
但远不止是黄色的……

黄河的颜色又是绿色的。
否则，
高原峡谷里的青稞，
决不会葳蕤而飘香；
碧绿的大草原，
也绝不会风吹草低见牛羊；
绿色正是她的精魂，

她在每一块青翠的麦田里徜徉，
她在每一片翠绿的树叶上歌唱；
她流淌着生命的绿色，
大地才年年收获着希望；
她缝制了绿色的军装，
祖国才如此地安然无恙。
是的，
黄河的颜色是绿色的，
但远不止是绿色的……

黄河的颜色又是红色的。
那是鲧在用血泪，
洗刷着无功即过的责任；
那是禹"三过家门而不入"的心血在翻滚；
那是抗日的血刃在闪烁着，
"威武不能屈"的民族的精神；
那是十亿人民的血气在撼动着，
东方大船向红太阳升起的地方扬帆。
是的，黄河的颜色是红色的，
但远不止是红色的……

千百年来，
不知勤劳智慧的她，
收藏了多少，
日月的华光、虹霞的衣裳、山川的香胭，
以及昭君般照人的明颜。

这就使得，
不管遭受过多少深重的灾难，
黄河的颜色，
都不可能不是
　　神秘的、诱人的和五彩斑斓的。
一如她曾在"开元盛世"的
　　"霓裳羽衣"上流连忘返，
却时而又将历史的风云变幻；
一如她曾成千年地为
　　芸芸众生的温饱问题愁眉不展，
却仿佛在眨眼间，
就把五光十色
　　印上了十亿人民的衣衫；
一如她曾羸弱得
　　眼睁睁地看着百年前的一伙强盗，
肆意地抢劫和焚烧美丽的家园，
却仿佛在一夜间，
又让整个西方都伸长了脖子，
争睹她飒爽英姿弄大潮的容颜。
但只要他们仍然是一些旁观者，
他们就只能看到五颜六色的黄河之一斑；
只要他们仍然不知道
　　尼罗河、底格里斯河和幼发拉底河的文化的彩练，
早已断裂和遗散，
他们便永远也找不到五彩缤纷的黄河文化，
竟能一脉相连的渊源。

所以，黄河的颜色，
也远不止是神秘的
　　诱人的和五彩斑斓的……

黄河的颜色，
是今夜星河里的梦幻，
黄河的颜色，
是我至死不变的爱恋。

瀑布

石瀑布

瀑布飞崖常理属，
山成瀑布世间殊。
直疑琼殿落尘域，
不信瑶池冻玉壶。
石瀑千寻生浩气，
银屏万架展宏图。
置身仙境无俗画，
始叹人间有鬼斧。

石瀑布位于河南省三门峡市灵宝市焦村镇娘娘山风景区内。

大淙潭瀑布

谁倾银河浣彩纱？
霓虹晒罢晒云霞。
歌飘日月松涛送，
锦绣山川鸟语夸。
绸缎绫罗裁不尽，
珍珠翡翠采无涯。
大淙潭瀑泽天地，
织女衣裳暖万家。

大淙潭瀑布位于河南省三门峡市卢氏县官道口镇新坪村豫西大峡谷风景区内。

湖泊

天鹅湖

万里黄河揽臂弯，
水天一色镜湖蓝。
云霞霜雪恋鹅舞，
岸柳兼葭作浪翻。
白鹤朱鹮歌里醉，
紫鸳褐雁梦中甜。
游人信否天堂在，
且瞰瑶池水底天。

天鹅湖位于河南省三门峡市生态区内，每年11月至次年3月，有数万只白天鹅来这里栖息越冬。

三门峡大坝

长虹横跨鬼神人，
平镜未磨鳞浪锛。
凌怪洪魔成玉潋，
荒山野岭变城村。
排沙金典弥足贵，
治水丰碑推至尊。
万里黄河第一坝，
千年功绩无二勋。

三门峡大坝位于河南省三门峡市区东北部，被誉为"万里黄河第一坝"。

鼎湖湾

天蓝湖碧远山明，
柳绿荷红芦苇青。
紫燕黄鹂歌布谷，
墨鸦白鹭舞蜻蜓。
钓鱼台下群鱼肥，
观景亭前万景澄。
长啸飞舟心有翼，
逍遥仙境更香风。

鼎湖湾位于河南省三门峡市灵宝市西闫乡文东村北。

山口水库

洪峰自古任横行，
裂地塌山啸暴风。
谁敢面前试锁链，
何能天下缚青龙？
双堤联袂托明月，
一坝横空架彩虹。
冰骨雪肌仙女态，
琼楼玉宇早霞红。
碧桃紫燕笑青藻，
白鹭黄鸭戏皂鳙。
泼墨金秋羞画苑，
弄月银鲤乱群星。
最贪暑日湖边柳，
难舍农家灶下情。
把酒船头夕照醉，
高歌坝顶彩云停。
一渠甜蜜千村享，
万顷粮蔬两岸迎。

浪打风吹坚似铁，
涝疏旱溉建奇功。

山口水库位于河南省三门峡市陕州区张茅乡境内青龙涧河的支流山口河上。

鹧鸪天

龙湖

谁叫瑶池来世间，
龙湖万顷碧接天。
黄莺紫燕春风暖，
绿柳白涛夏日寒。

秋叶艳，
果园连，
冬凌宫下鲤鱼鲜。
功归前辈二十万，
戴月披星十五年。

　　龙湖即窄口水库，位于河南省三门峡市灵宝市五亩乡与朱阳镇交界的山峪地带，是 1958 年到 1973 年，历经 15 年建成的大型水利工程。

树木

七里古槐（二首）

其一

昂首似龙身似凤，
虬枝如铁干如铜。
瘢痕累累皮剥尽，
铁骨铮铮心耗空。
霜打雷轰千载屹，
枝繁叶茂万年青。
尉迟一见曾迷恋，
远望近观神鬼惊。

其二

千年雨雪万年风，
雷打霜压腰不弓。
头断臂折乳哺杈，
皮剥根裸骨撑青。
雄心有梦轻伤害，
大爱无疆忘死生。
断首刑天身且战，
冲天浩气贯长虹！

七里古槐位于河南省三门峡市陕州区观音堂镇七里村，树龄两

名不虚传

千多年。

　　唐朝大将尉迟敬德曾勒马观望，久久不愿离去。

　　刑天是中国远古神话传说人物，被砍断头颅，还用双乳为目、肚脐作口，继续与敌人作战。

黛眉周柏

六围铁骨笑剑锋，
九丈玉身擎碧空。
枝杈五分莲绽蕾，
浪涛四溅马扬鬃。
三千寒暑三千翠，
十万冰霜十万青。
草木精华天地授，
中华柏帝第一名。

黛眉周柏位于河南省三门峡市渑池县南村乡黛眉庙内，至今已有三千六百年历史，号称"天下第一柏"。

唐凹古柏

谁擎巨伞屹高岑，
万代千秋庇古村。
铁干三人难搂抱，
翠荫无限任屈伸。
风摧霜打等闲事，
刀砍雷劈平素心。
历尽沧桑身愈劲，
唐凹古柏正青春。

唐凹古柏位于河南省三门峡市湖滨区高庙乡位家沟村。

珂楠树

九龙洞外珂楠耸，
并世雌雄连理生。
岁岁花开花类似，
年年色变色无重。
化石活现已称奇，
远道飞来更盛名。
走遍北国芳草地，
谁能他处觅仙踪？

珂楠树位于河南省三门峡市卢氏县双槐树乡九龙洞自然风景区内，一雄一雌，相距不到五米，雄性树从不开花，雌性树则年年开花，花色却岁岁不同。

枣树

山原沟壑院墙边，
旱涝贫瘠任暑寒。
米样黄花仍酿蜜，
指般翠叶更遮炎。
枝枝玛瑙珍珠串，
树树红霞夕照连。
铁骨车轴雕版料，
根梢锯末也炊烟！

甘棠树

沟壑山原田埂边，
贫瘠冷暖自参天。
白花舞瓣春蝶妒，
绿叶成荫夏日寒。
玛瑙珍珠霜下亮，
琼瑶琥珀雪中鲜。
甘棠遗爱千秋颂，
蔽芾诗章万古传。

被勒索的树

丧心勒索过蛇蟒，
冷眼绿荫蓛栋梁。
割皮裂肉挖腰腱，
锉骨切筋断脉肠。
烈日酷伏连雨电，
狂风暴雪带冰霜。
堂堂正正活天地，
笑品钢丝作稻粱。

女贞树

亭亭玉立天地间，
路院山川添壮观。
红果绿冠冬雪白，
黄花翠叶暑天寒。
养肝补肾乌霜发，
落瓣断枝养沃田。
贞女牌坊人多遇，
女贞生死有谁关？

名不虚传

松

挺剑破冰封，
凌云啸朔风。
雪压头愈仰，
霜打叶尤青。
伐砍寻常事，
去留随匠工。
何惜身化土？
呵护万苗生。

2009 年 4 月 24 日，三门峡市人大常委会第 14 次会议审议通过市政府有关议案，确定雪松为三门峡"市树"。

竹

冰天雪地越发青，
风舞龙腾壮碧空。
衰草望冬失本色，
亮节兀自唱高风。
一身正气发心底，
千载功勋著汗青。
月共枝摇添画意，
笛合鸟语畅诗情。
粉身碎骨碾成纸，
也作飞鸢上九重。

梅

一枝独秀雪山中，
烈焰红唇笑朔风。
皮裂枝干身愈劲，
风吹霜打香更浓。

幸福树

原为幸福只吐芽，
谁防昨夜竟开花。
喜出望外究其故，
五载倾心未敢差。

花草

月季花

谁道花无百日红？
花中皇后四时荣。
香浓桃李牡丹妒，
姿艳兰芍菡萏惊。
骨傲金菊披铁刺，
神羞蜡梅笑寒冬。
舍身入药千秋义，
牵线搭桥万世功。

　　2009 年 4 月 24 日，三门峡市人大常委会第 14 次会议审议通过市政府有关议案，确定月季为三门峡"市花"。

牵牛花

荒山石岸把根扎，
冷暖贫寒自奋发。
抔土滴恩竭力报，
金钟蜜酒用心答。
青春甘化黑白丑，
良药愿医病患家。
今夏无缘相赠意，
明年我会再开花。

"黑白丑"即牵牛花的果实，为中药材，具有泻水、通便、消痰、杀虫、攻积等功效。

河滩水红花

无人栽种无人养，
凶险河滩兀自芳。
夜照寒星香月魄，
晨迎旭日壮霞光。
水来任水浪涛恶，
风过由风刀剑狂。
生死漂泊一捧土，
天涯海角尽家乡。

芦苇

窄岸荒滩夹水生，
风霜冷暖自枯荣。
鱼虾龟蟹徜徉地，
鹤鹳鸳凫聚会厅。
昂首阴霾期月朗，
陷身污泥为波清。
洪峰压顶何足惧，
春汛来时愈吐青。

山桃花

城中门膈尚插关，
郊外桃花已满山。
可叹红颜三五日，
香随魂去几人怜？

名不虚传

冬天里的芽苞

含苞欲放向春风，
蓄势待发望碧空。
遥指未来非妄想，
只知努力会成功。

水泥缝里长出的鲜花

温室不植园不插，
不知何处可发芽。
冷硬水泥压不住，
火红生命绽芳华。

迎春花

残雪余冰天地冷，
冲寒一帜笑春风。
丛丛翠绿染沟壑，
串串金星照碧空。
空谷幽香时化蝶，
春天使者未夸称。
年年芳归无双伴，
岁岁花开第一名。
根在荒山仍烂漫，
枝插脊土亦横生。
望中瑟瑟枝独秀，
不与桃梨争寸宠。
不是孤芳为自赏，
恰期万紫复千红。
莺歌燕舞春深日，
叶茂枝繁绿海中。
捋叶断根何所惧？
清热解毒赴牺牲。
粉身碎骨沤成土，
也望稻粱四季丰。

路坑草

千践万踏轮底生，
无怨无悔无纷争。
虽然只有方寸地，
也报滴恩一抹青。

动物

白天鹅

似雪飞来世外仙，
如花漂作水中莲。
绿波曼舞歌天籁，
白羽轻扬弄雾岚。
磨腮私语鸳凤妒，
并肩比翼杜鹃馋。
情钟九曲画千卷，
梦筑三门诗万篇。

甘山红腹锦鸡

黄冠褐尾绿肩膀，
红腹紫翎蓝脊梁。
霞帔霓裳羞孔雀，
莺声燕语臊鸾凰。
朝妆芳草花香地，
夜醉群星日月光。
此鸟只应天上有，
人间几处见飞翔？

娃娃鱼

叫似娃哭身似鱼，
大鲵水陆可双栖。
头扁体壮四肢短，
鼻小嘴宽两眼眯。
雌产雄孵终有后，
冬眠春醒已成习。
尔来一亿八千岁，
活体化石天下奇。

鹅语

柳堤何必霸人群，
瑶池无非浣羽襟。
他日莺歌尤燕舞，
我直万里却红尘。

树上白鹭

暑日惊开白玉兰，
白云出岫压枝弯。
清风忽皱绿波面，
花朵顿飞潭底天。

白玉兰开花的时间一般为初春，不可能在暑日，故"惊"。

小小水鸟

击水鸣声沸，
劈波锦翅挥。
不卑如草芥，
常练向天飞。

特产

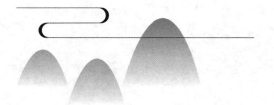

灵宝苹果

赤橙黄绿彩虹装，
龙麝沉檀兰桂香。
玉润珠圆桃李妒，
花容月貌杏莓伤。
千钟韵味千钟酒，
一口琼浆一口糖。
此果只应天上有，
人间竟可每年尝。

灵宝大枣

珍珠玛瑙紫金丹，
琥珀水晶蜜蜡丸。
馥郁香凝冰骨内，
芬芳甜透玉肌间。
金童玉女曾心醉，
王母天公也嘴馋。
药引茶食皆上品，
众生何必慕神仙。

散珠碎玉

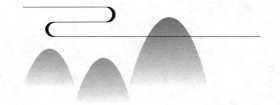

雪

潇潇洒洒别仙境，
坦坦然然赴死生。
暗夜一经明似昼，
阴霾顿改旧时容。
纵填沟壑亦无怨，
从此人间少不平。
万物包容天地愧，
九泉含笑望年丰。

雾

像云像雨像潮涌，
垂地悬天作画屏。
绿水适遥还适近，
青山宜淡复宜浓。
蜃楼羞照新村景，
海市难摹不夜城。
若谷虚怀拥日月，
如风浩气抱阴晴。

雨

出入瑶池住紫阁，
逍遥玉宇胜仙佛。
却来济世抛乖巧，
哪管摇舌笑笨拙。
闪电劈云权当路，
惊雷倒海且为歌。
纵然身葬沙尘里，
也化稻粱千万箩。

夏雨入梦

窗外千军战群魔，
枕边万马踏冰河。
轻雷云外筛珠玉，
闪电湖中钓鳝蛇。
暑气夭夭东海去，
秋凉款款梦乡合。
待明雨霁长虹起，
但赏鸢飞紫燕歌。

杭州思乡

天下粮仓鱼米香，
小桥流水画船攘。
三吴都会繁华地，
十万人家罗绮乡。
绿酒红灯乱昼夜，
名园胜地竟天堂。
北国更有江南爱，
昨夜谁无梦故乡？

在杭州闻家乡遇旱

天下粮仓鱼米乡，
小桥流水画船妆。
三吴都会烟霞艳，
十里荷花兰桂香。
灯火万家无昼夜，
园林遍地有天堂。
北国雨露旱魔霸，
醒看故园应断肠。

游平遥惜陕州

迢迢千里看平遥，
南北东西城垒高。
玉宇琼楼声势大，
雕梁画栋艺工高。
茫茫人海卷门票，
滚滚财源掀浪涛。
忽痛陕州昨日去，
顿觉谁个把心掏。

赠巾帼

冰骨玉肌粉黛愁，
沉鱼落雁月花羞。
慧心时暖三冬雪，
笑语常蓝万丈秋。
下灶能烧八系莱，
上堂可绝众儒咻。
谁识不涌千般爱，
谁娶还思万户侯？

冰花男孩

八岁学童冒雪行，
满头冰霰脸通红。
霜足硬茧胀湿履，
冻手皴缝笑冷风。
且把贫寒当砥砺，
终将宝剑化飞龙。
未来世界谁家属？
但看中国好后生！

杭州桐庐环溪村

三面环溪一面山，
一幅泼墨挂其间。
石巷瓦舍楼台古，
碧柳丹桂橘柚鲜。
周子爱莲堂尚在，
夫妻名树景尤妍。
人间福地秀中秀，
世外桃源天外天。

京杭大运河

巨龙裂地向天边，
千里京杭一脉连。
两岸膏田间翠柳，
满河画舫竞龙船。
途径六省九州富，
水映万家百姓欢。
沧海桑田情未老，
春风紫气正扬帆。

秋望

落叶西风又凛秋，
转眼少壮已白头。
杀人岁月冰霜冷，
劈地江河日夜流。
沧海桑田时可见，
青春朝露世难留。
不知悔恨谁能鉴，
望断天高心愈愁。

健康知识巡讲活动写照

熊猬休眠已怯寒，
健康巡讲正热宣。
朝奔县市传经典，
午至乡村送锦笺。
深入浅出接地气，
高瞻远瞩踏天关。
健康理念更新日，
桃李丹樱春满园。

健康巡讲现场即景

天寒地冻鸟无踪，
巡讲大厅正火红。
妙语学识惊四座，
真经实历动七情。
座无虚位凝神气，
时有雷鸣爆掌声。
且望小康招手处，
健康先遣已出征。

过山口村国道大桥工地见闻

拔地桥墩摩碧天，
披星戴月瞰苍山。
空中飞鸟嘤声隐，
云上工人笑语喧。
血汗飘洒生玉笋，
霓虹横跨笑寒川。
鹊桥天路惜神话，
天堑通途竟眼前。

这是谁

从小盼长恨不擢，
成人却慕少年哥。
先拿生命赚钱币，
再用金钱治病魔。
不认今天堪宝贵，
常拿明日作推托。
活着好像永无死，
临死方觉从未活。

同志兄弟间的争先原则

党要冲锋莫胆寒，
国让争先别腿软。
一家兄弟齐奋勇，
举世功勋自送前。
佛徒胸怀还数界，
同仁气量更齐天。
燃箕煮豆岂能为？
御侮阋墙理耻谈。

观半坡草书

龙飞凤舞竞飞天，
浪卷涛翻迸雪山。
落笔生花香肺腑，
行云流水醉心田。
屏息静气怯出响，
留印盖章怕化仙。
谁问神功何以有，
十方铁砚九磨穿。

"新四大发明"

四大发明举世惊，
谁防"新四"又横空。
一时三百惊高铁，
百货万千购网中。
支付宝盒真宝器，
单车共享已成风。
中国梦亦五洲梦，
民族兴则天下兴。

自勉

海纳百川终广阔，
江奔万里总高歌。
乘除加减任人算，
酱醋油盐何必多。

芳华入梦

柳岸芳堤蝶鸟浪，
水清莲翠藕花香。
轻风拭镜揉云影，
霁月随波入梦乡。

望马超龙雀雕塑

天马腾空龙雀惊，
树梢飒飒起寒风。
扬鬃昂首奔苍昊，
动魄惊心闻啸声。

马超龙雀即天马龙雀，为东汉青铜艺术品，俗称马踏飞燕，1983 年 10 月被国家旅游局确定为中国旅游标志。

春风扬柳

春风扬柳牧花雨，
紫燕扑蝶戏蟹鱼。
两岸膏田争彩翠，
千山泼墨尽痴迷。

花心

芦草无心随水生，
梅花有意为竹红。
不知青翠欲滴里，
多少真实多少空。

历史

经验超十万，
教训逾百千。
成功如借用，
朝代岂频翻？
失败若汲取，
人生谁喊冤？
江河难再复，
史者莫凭栏。

车过大平原

平原四接天，
画卷胜诗篇。
点点青杨柳，
片片金稻田。
秋霞沉碧水，
云影浮画船。
海市蜃楼里，
远山近舍鲜。

天净沙
宅子

阳台浇灌幸福，
书房呵护文竹。
凡人琐事忙碌。
闲时赋诗，
窗外云霞任渡。

拨不断
春游

草如毡，
柳如烟。
山光水色花荫乱，
燕舞莺歌蜂蝶翻。
鸳鸯鸾凤平沙暖，
梦中休唤。

醉太平

游陕州

相邀有缘，
共赏崤函，
山前水后戏晴岚。
画屏随处鲜。
召公岛翠牡丹艳，
天鹅湖碧莲花灿，
太阳渡阔畅游船。
直疑到江南。

渔歌子
人与才（二首）

其一

老子若不遇真人，
何来真经五千文？
曲坛神，
勾栏宾，
元伎尚能惜才人！

其二

周得姜尚九百春，
汉拥三杰举世闻。
杨家存，
敌难进，
岳家一去宋断魂。

应天长

人与才（二首）

其一

项羽刚愎轻韩信，

败走乌江终自刎。

庞涓妒，

刖孙膑，

身死马陵空自恨。

夏桀昏，

魏王沌。

伊尹仲虺西奔，

吴起商鞅逃晋。

人神孰可忍。

其二

不到海枯龙不遁，

不到冰封熊不寝。

谁发浑？

不上进？

不到心灰谁愿隐？

远红尘，

甘贫困。

名不虚传

魏野渊明躬垦，
周党七贤痛饮。
醉看夕阳沉。

望月食

一线三星红月现，
万人空巷望奇观。
初亏暗影渐遮盖，
食既墨汁终抹严。
食甚到来羞赤日，
生光时刻叹红颜。
未及细赏嫦娥舞，
眨眼之间就复圆。
恍若人生途上事，
圆缺明暗霎时间。
万人归去依然月，
如水光阴泻逝川。

2018 年 1 月 31 日 19 时 47 分上演月全食；月全食可分为初亏、食既、食甚、生光和复圆五个阶段。

教堂与寺庙

常见教堂城镇建，
迎男接女更方便。
庙庵多在深山筑，
恨不隔绝人世间。
十字架前主受罪，
唱诗信徒享悠闲。
供香桌上神仙乐，
笑瞰苍生度日难。
堂上虔诚唯忏悔，
庙中跪拜为心贪。
心贪就贿钱财物，
忏悔直掏肺腑肝。
同是灵魂长寄处，
差别云壤两重天。
但使教导常流爱，
莫让慈悲失本源。

乘机赴穗见天上风景

天高九重才双重，
已觉寂寥不胜清。
脚下苍白云漠漠，
头上海蓝水冰冰。
冰冰海水无一舸，
漠漠雪原竟绝青。
睡意昏昏来眼下，
红尘滚滚迷梦中。
忽听清冷嫦娥叹，
忙求怜香机长情。
笑道已达心愿地，
热情远过广寒宫。

观莲愿

周子爱莲举世传，
不知有客怅扶栏。
中通外直讨风恼，
直撞横冲卷地翻。
不蔓不枝云痛恨，
又雷又电雨摧残。
出污不染招伏怒，
日晒热蒸火岸煸。
濯清不妖遭蜮妒，
含沙射影恶涛掀。
只能远看污骄妄，
不可亵玩说淡咸。
哪堪冰霜来日想，
但祈那时有桃园。

周子即《爱莲说》的作者周敦颐。
蜮为传说中的水下害人虫。

龙腾神州

祖国养育我成龙，
地阔天高任纵横。
河水千折奔大海，
江涛万里挽东瀛。
天山横断祁连雨，
万祖长白秦岭冬。
四海九州铺画毯，
三山五岳矗云屏。
蓬莱鼓浪神仙地，
九寨桂林碧玉庭。
大漠有情圆日月，
中原无际起阴晴。
钟灵毓秀蕴春汛，
月异日新待雷霆。
世纪曙猿惊子夜，
元谋遗址望黎明。
河边粟种仰韶育，
江畔稻田良渚耕。
姒夏干支年月准，
殷商甲骨字文工。
秦规周礼四方仰，

名不虚传

西海东洋天下崇。
诸子文章辉迥汉，
百家理论竞巅峰。
汉朝强将无孬士，
罗马铁骑不敢东。
唐宋诗词歌舞炫，
欧洲疫战血流腥。
千年丝路福天下，
四大发明照夜空。
七下西洋传友谊，
遍施恩惠送真情。
千佛洞拜都江堰，
兵马俑连车马坑。
地动浑天仪巧妙，
长城紫禁势恢宏。
鉴真东渡送珍宝，
玄奘西游取妙经。
远睦近和相护助，
左推右拽共攀登。
谁知西夷反人类，
竟拿友邦作靶攻。
鸦片战争一二再，
条约强订几十宗。
倾销商品凭枪炮，
掏噬心肝过虎鹰。
甲午硝烟翻恶浪，

马关辛丑暴狰狞。
八国强盗绝人性，
万园之园毁兽行。
强盗村中随纵火，
北京城里肆横冲。
江东百屯堆尸骨，
江北万方陷敌丛。
香九台澎失儿女，
贫寒饥饿越磔刑。
丧权辱祖几时休，
割地赔钱何日终？
霹雳一声惊暗世，
镰锤双举进金星。
云奔潮涌工农聚，
地裂天崩狮虎鸣。
志士仁人慷慨死，
英才雄主耻偷生。
百年屈辱百年夜，
万里长征万里灯。
一寸国疆一寸血，
百团大战百团英。
全民抗战鬼神泣，
盖世功勋天地铭。
解放战争摧旧垒，
政协会议启新程。
建国立业千秋史，

抗美援朝万代功。

"两弹"开花惊世界，

"一星"揽月畅苍穹。

小岗冰破春将至，

深圳潮高帆欲升。

十载"文革"汲教训，

三中全会荡春风。

分田到户千村唱，

联产承包万户兴。

垄亩香飘翻稻浪，

城乡林立起峥嵘。

蓬头垢面土房去，

画栋雕梁广厦呈。

自古田租谁可免，

如今政府反贴农。

设施投入谋高远，

社保实行保底层。

民众生活殊改善，

国家实力巨添增。

衣食行住随君意，

鱼肉鸡鸭任我烹。

电话曾经豪族有，

手机现已每人拥。

千年积淀一朝绽，

百载深渊刹那平。

香港回归才醒酒，

澳门报到再舒胸。
神舟屡次航天际，
奥运成功办北京。
高铁动车刚卫冕，
天河超算又称雄。
三峡大坝惊神女，
跨海长桥羞彩虹。
北调江流惊大禹，
东输燃气叹愚公。
飞机愈大苍穹小，
芯片更薄云算精。
天眼蛟龙瞻远望，
嫦娥北斗踱天宫。
华龙眨眼银河亮，
墨子飞身天帝惊。
量子纠缠无敌手，
海洋钻探有蓝鲸。
互联购物点屏到，
订货付钱弹指清。
基建狂魔晨获取，
地球卫士夜荣膺。
中国制造多折桂，
华夏创新正挽弓。
神盾护航西海暖，
岱山治病热情浓。
东风舞动红一九，

航母伴飞歼二〇。
世界维和一分力，
也门撤离万国恭。
保家护世不欺弱，
守土固疆永砺锋。
护卫和平天下佩，
主持公道世人称。
一轮旭日千山暖，
几度春风万壑红。
一带一路福世界，
共赢共享道心声。
亚投振臂应声大，
货币入篮收获丰。
跨境电商通内外，
中欧班列连西东。
美国贸易筑高垒，
华夏往来促共赢。
澳陆非洲多受益，
亚欧拉美共繁荣。
春风化雨花千放，
桃李不言蹊自成。
落伍终抛身背后，
赶超已到舞台中。
龙飞凤舞引人注，
鹰觑熊追有犬从。
民族复兴终有日，

中国梦想必成城。
甩开膀子加油干，
再创辉煌用力争。
矢志海天图大业，
报恩谢母看龙腾。

"万祖"指有"万祖之山"之称的昆仑山。
"岱山"指中国海军 866"岱山岛"号大型医院船。
"红一九"指"红旗-19 导弹"；"歼二〇"指"歼-20 战机"。

伪官照片

为官世界有伪官，
伪官世界不忍观。
伪官视界尽微观，
微观世界尤黑暗。
世界伪官无视界，
伪官视界无世界。
台上台下俩嘴脸，
装神弄鬼舞翩跹。
羊头狗肉卖不尽，
欺上瞒下家常饭。
大吹大擂大腐败，
小团小伙小算盘。
自私由此更自私，
可怜因此愈可怜。
如此才能好可惜，
何不改行当演员？

伏天村民依旧忙

三伏瓜豆半青黄，
四野村民整日忙。
需打谎花需拔草，
随它田外树荫凉。

人生如梦之因与应

人生如梦缘无醒，
懵懂迷离怎有成？
醒当明白何处去，
终将快意此生行。

除夕吟

去年欲去，
来年将来。
当初年青，
如今头白。
人生苦短，
岂可徘徊？
即使昙花，
也要盛开。

新年诚

去年已去，
来年已来。
少年易老，
红颜易衰。
青春苦短，
不可徘徊。
今天不觉，
明日复哀。

新年望

过去已去，
未来已来。
辞旧迎新，
游目骋怀。
冰根霜枝，
万胚千胎。
昨夜花蕾，
今朝盛开。
鸟语花香，
何悲何哀？
锦天绣地，
谁能掩埋？

名不虚传

赠女儿京城赛筝再次获奖

三岁能弹六尺筝，
得闻天籁手中生。
高山流水知音在，
东海渔歌情义浓。
一路艰难一扫净，
十年奋斗十级功。
莫说汗水无回报，
锦绣筝程第二城。

到底啥变了

小时候，
半颗水果糖，一碗红薯汤，
都能透心甜，都能笑眉扬。
后来，
十香方便面，百味火腿肠，
都觉没胃口，都懒尝一尝。
如今，
千家火锅店，万家美食场，
都难吃得香，都难喝得爽。
于是，笑着笑着就哭了：
追求呢向往呢？
都丢失在何方？
都遗忘在何乡？

小时候，
半截新袖头儿，一件儿新衣裳，
都能美滋滋，都能喜洋洋。
后来，
十双牛皮鞋，百套洋西装，
都感不稀罕，都觉不咋样。
如今，

千家时装店，万家网售商，
都怨没啥买，都怨不时尚。
于是，笑着笑着就哭了：
目标呢方向呢？
都丢失在何方？
都遗忘在何乡？

小时候，
半间小厨屋，一间小平房，
都能很满足，都能睡得香。
后来，
十平大厕所，百平大楼房，
都觉不辉煌，都觉不亮堂。
如今，
千万小别墅，万万海外房，
都敢去张望，都敢去畅想。
于是，笑着笑着就哭了：
轻松呢快乐呢？
都丢失在何方？
都遗忘在何乡？

小时候，
半截小木马，一辆旧"凤凰"，
都敢闯世界，都敢追梦想。
后来，
十路公交车，百家出租行，

都嫌不称心，都嫌不便当。
如今，
千百顺风车，万千滴滴商，
都还想自驾，都还想多辆。
于是，笑着笑着就哭了：
简洁呢朴实呢？
都丢失在何方？
都遗忘在何乡？

小时候，
半本连环画，一夜听说唱，
都能美得慌，都能笑几场。
后来，
十家电影院，百家游乐场，
都怨没地儿玩，都怨没处逛。
如今，
千首歌曲手机存，万部电影家中放，
都感很稀松，都觉很平常。
于是，笑着笑着就哭了：
热血呢激情呢？
都丢失在何方？
都遗忘在何乡？

小时候，
半角硬币，一元大洋，
都觉很有钱，都觉烧得慌。

后来，
十沓大团结，百张伟人像，
都嫌没有钱，都嫌不大方。
如今，
千元给压岁，万元游四方，
都算毛毛雨，都算棒棒糖。
于是，笑着笑着就哭了：
真情呢实感呢？
都丢失在何方？
都遗忘在何乡？

小时候，
半句小夸奖，一纸小奖状，
都觉很满足，都觉很风光。
后来，
十涨月工资，百入先进榜，
都觉很正常，都觉理应当。
如今，
千般遭诽谤，万般受表扬，
都不太觉疼，都不太觉痒。
于是，笑着笑着就哭了：
雄心呢壮志呢？
都丢失在何方？
都遗忘在何乡？
……

盲道怨

序

李白只叹蜀道难，
岂料难行闹市间。
因此续貂盲道怨，
何惧官吏砸青砖？

盲道怨

噫吁嚱，
盲道瘫矣。
小车来占，
大车也来占！
盲道人行道，
眨眼被占完。
尔来横躺又酣睡，
不欲让行一百年。
占道无道仍强占，
势将气绝交管员。
见缝插车全堵死，
然后犬牙交错相挤连。
左有七千林立之高楼，
右有九万飞流之车川。

刘翔之飞尚不得过，
我辈岂能胜攀缘？
车隙何纤纤，
十步九夹成饼干。
进退两难气欲断，
捶胸顿足问苍天：
大圣西游何时还？
借我一变好过关。
但见猫狗时隐现，
雌叫雄追车下蹿。
又闻上班已到点，
急红眼。
盲道已瘫，
人行道亦瘫。
使人望此白发添！
车高车低车长短，
头左头右头后前。
绵绵延延望不断，
密密麻麻数不完。
其乱也如此！
其滥也如此！
嗟尔交管城管两不管！
一夫弃关，
全城失陷。
两官弃管，
百姓蒙冤。

怨声载道苦，

期盼心更酸：

朝盼好转，

夕盼改观；

引颈翘首，

望断飞雁。

飞雁几回泪难干：

盲道瘫，

瘫痪已多年；

人行难，

难行亦多年！

噫吁嚱，

盲道人行道，

畅通待何年？

跋

造车修路可称难，

莫让管车成笑谈。

若敢攻坚无堡垒，

愚公有志能移山。

时光如水

时光如水，
水滴石穿，
穿透万壑千山。
山开幽谷展画卷，
卷卷游人看。
看我怎将沧海毅然变桑田，
田生万物织锦缎，
缎涤大海竞天蓝，
蓝天托云送鸿雁，
雁去天边追流年。

流年不断，
断然向前，
前赴千难万险。
险处奋勇不屑观，
观者勿汗颜。
颜面朝天扪心自问应无怨！
怨天何如立微愿？
愿为滴水走山涧，
涧水脚下无高山，
山水面前更无坚！

美丽的三门峡啊我爱她

黄河明珠三门峡，
天鹅之城我爱她：
万里黄河第一坝，
万顷碧波万顷霞；
四面青山三面水，
一城绿树半城花；
秋山红叶醉金稼，
蓝湖白鹅舞银纱；
古渡新桥横空跨，
中流砥柱任浪打；
双龙彩虹无冬夏，
九龙洞天有仙葩；
龙湖女郎恋亚武，
韶山黛眉慕丹峡；
峡谷漂流乘龙地，
大河横渡惊渔家；
温泉裸浴千秋画，
地坑奇居举世夸；
金铝煤锌出脚下，
梅兰竹菊俏岩崖；
苹果大枣满枝权，

名不虚传

木耳香菇遍山凹；
连翘杜仲金银花，
草木有情争报答；
山美水美人文美，
物华天宝我爱她！

文化圣地三门峡，
历史悠久我爱她：
上河曙猿演人类，
仰韶文化塑中华；
庙底沟里彩陶雅，
铸鼎原上帝陵拔；
函谷雄关镇天下，
崤函古道通云涯；
鸿庆石窟弘佛法，
秦赵盟台泯厮杀；
赵沟风情浓于酒，
虢国文物多如麻；
空相禅寺葬禅祖，
回音宝塔藏宝蛙；
甘棠遗爱遗佳话，
道德真经启宝匣；
唇亡齿寒虞虢恨，
鸡鸣狗盗田文嘉；
紫气东来喜关令，
终军弃繻笑白马；

314

魏野上官诗名大，
杨震姚崇官声佳；
王浚婉儿曹靖华，
日月星斗银河撒；
山美水美人文美，
人杰地灵我爱她！

珍爱中国节

中国节日万年成，
一样光阴大不同。
二月二来惊万物，
三月三到拜黄陵。
清明泪雨洒先祖，
端午粽糕祭圣灵。
乞巧双双桥上会，
中秋户户月下哝。
重阳登顶望乡愁，
寒食送衣御九冬。
一到小年心旌晃，
每临除夜万家明。
新年鞭炮震天地，
元夜神州闹龙灯。
庄重活泼仪式美，
天文地理内容丰。
千秋万代总招爱，
百姓众官自遵从。
四海九州泽教化，
五经六艺尽传承。
耳濡目染生习惯，

海角天涯死认同。
共筑民族新梦想，
同奔华夏大繁荣。
流年飞月落花果，
盛日佳节永世情。
文化自信当此刻，
芳花遍地正春风。

敬畏汉字

开天辟地事事艰，
结绳记事万万难。
仓颉造字惊天帝，
慌忙雨粟欲招安！
鬼亦害怕夜大哭：
"恣意行骗怎再玩？"
伟大文字要诞生，
巨型火山要冲天！
雨粟雨雹怎能阻？
鬼哭鬼喊岂可拦？
君不见：
贾湖双墩刻未已，
仰韶半坡符更添！
大汶口时更飞跃，
表形表意字不鲜！

君不见：
殷商甲骨天下贵，
五千文字刻上边：
有人问天象，
有人敬山川，

有人记祭祀，
有人悲战端……
誓让国事家事天下事，
千年万年可见鉴。

后人果然见，
谁个不骇然？
后人果然鉴，
谁个不感念？
祖先刻骨之经验，
字字在眼前！
祖先刻骨之教训，
句句在耳边！

甲骨不胜载，
钟鼎浴火担。
金光闪闪铸大篆，
铭记两周八百年。
文字一把曙光剑，
开辟蒙昧驱黑暗。
文字一艘下江舟，
已过猿声万重山。

百家争鸣百花艳，
诸子经典凭文传！
万篇文章字字珠，

千年读来仍新鲜。
凭字可见先贤面，
时间空间一字连。
若只口头来辗转，
不为妖言也谣言。

秦皇同文推小篆，
天南地北通语言。
政令畅通势如潮，
统一六国一时间。
经济发展可互鉴，
文化交流无阻拦。
四大发明接连出，
全球发展开新篇。

天生丽质本自画，
愈演愈变愈娇妍。
汉时隶书已定型，
官方民间争相沿。
自唐字体更多变，
楷宋行草竞登巅。
如今又增电脑体，
千姿百态惹人怜。

拼音文字只符号，
表意汉字形音兼。

形美如画意如诗，
音妙如歌不可言。
一笔一画一天地，
一字一句一坤乾。
横平竖直方且正，
做人亦在文字间。

一字多体样样秀，
汉字牌匾家家悬。
百寿书法神州盛，
万福艺术天下鲜。
羲之因之称书圣，
张旭为之生狂癫。
太宗死枕《兰亭序》，
赵佶名与瘦金连。

四大名楼因文胜，
无数名人因文传。
野寺因文客不断，
明月因文娴无边。
唐宋诗词家家藏，
水浒红楼人人谈。
婚丧嫁娶联必现，
不贴福对不过年。

炎黄子孙何其幸，

喜怒哀乐有并肩：
有涕可与子昂下，
多情必向锦瑟弹。
壮志饥餐胡虏肉，
消闲悠然见南山。
失意就饮《将进酒》，
酒酣当歌《大风篇》。

艰难困苦敢来犯，
读写文字胜仙丹：
渴可以当饮，
饥可以当餐；
战可以当枪，
斗可以当鞭；
纵有险阻八百万，
腹有文华气自闲。

君不见：
鲁迅当年，
弃医从文，
何其果断！
笔伐威力，
何其壮观：
字字投枪匕首，
篇篇长矛短剑。
直杀得，

魑魅魍魉，
屁滚尿流，
魂飞魂散，
四处逃窜。

君不见：
毛泽东的巨著鸿篇，
只一篇《论持久战》，
就敌雄师百万，
就将速胜亡国一声喝断，
就将抗战烈火一炬点燃！
直让敌人汉奸，
心惊胆战，
双腿发软，
纷纷坠落，
万丈深渊！

半部《论语》治天下，
一本《宪法》天下安。
白纸黑字，
字字威严。
领袖尚宣誓，
谁人还敢犯？
敢犯者，
虽死难安。

君不见：
秦桧罗织害忠良，
千年万年跪岳前。
汪伪卖国投东洋，
尺尸丈棺化硝烟。
纳粹头目褒奋斗，
害人害己举世嫌。

君不见：
太祖因讳光秃贼，
多少无辜被冤斩？
只因清风不识字，
诗人头颅被清砍。
会师沁阳写泌阳，
一字之错输征战。

君不见：
吕氏春秋悬于市，
一字千金任增减。
犬门入盗免死罪，
只因大上加一点。
屡战屡败无颜面，
屡败屡战反嘉勉！

千古汉字多神奇，
岂可不敬看短浅？

三古文字两已灭，
唯我汉字至今鲜。
孔子学院走世界，
我爱中国叫声尖。
文化自信恰其时，
汉语热风正扬帆。

《淮南子》中有"仓颉作书而天雨粟，鬼夜哭"之说。

李世民遗诏中有要把《兰亭序》枕在头下边，后人便推断《兰亭序》应在唐太宗昭陵中。

赵佶即善书画的宋徽宗，"瘦金体"即其自创书法字体。

四大名楼指黄鹤楼、岳阳楼、滕王阁、鹳雀楼。

陈子昂《登幽州台歌》中有"念天地之悠悠，独怆然而涕下"。

李商隐《锦瑟》中有"此情可待成追忆，只是当时已惘然"。

明太祖朱元璋因当过和尚和"贼"（红巾军），故十分忌讳"光、秃、贼、寇"等字眼，并因此大兴文字狱，杀了许多僧人文士。

清朝诗人徐骏因"清风不识字，何故乱翻书"被疑讽刺清廷遭杀。

1930 年 5 月，冯玉祥、阎锡山联军讨伐蒋介石，冯玉祥的一位作战参谋在拟定命令时，误把"沁阳"写成"泌阳"导致联军失败。

清朝北通州州吏封翁承办盗窃案，见卷宗上有"盗供纠众自大门入"字样，并已初定死罪，封翁知这些人都是贫苦百姓，且只是偶尔作案，并非巨盗惯盗，便在"大"字上加一点改为"犬"字，案犯也就从明火执仗地入室抢劫的巨盗变为从狗洞里爬进做贼的小偷了。

名不虚传

　　清曾国藩同太平军打仗总是失败，只得上疏"臣屡战屡败，请求处罚"，幕僚建议把"屡战屡败"改为"屡败屡战"；皇上果然不仅没有责备，反而还表扬了他，就因前者强调失败，后者却强调作战的勇气，虽败犹荣。

　　三古文字指汉字、象形文字、楔形文字。

美丽的三门峡

有七百年历史的回音宝塔
有两千岁高龄的虢国车马
秦赵会盟的高台犹在
古道函谷的雄关挺拔
紫气由此东来
秦晋在此结发
老子依然散发着无穷魅力
仰韶依然传承着千古文化
噢，这是一块神奇的土地呀
是我祖祖辈辈的家
我想告诉祖国、告诉妈妈
这就是您古老的三门峡

有新中国浇铸的黄河第一坝
有一夜间林立的高楼与大厦
陇海电铁自东向西横跨
黄河大桥从南往北飞架
金矿扎寨秦岭下
果园新栽千万家
崭新的都市呀霓虹如霞人如麻
青春的田野呀年年金秋映碧瓦

名不虚传

噢，这是一块火热的土地呀
是我祖祖辈辈的家
我想告诉祖国、告诉妈妈
这就是您年轻的三门峡

有清潭前的峭壁仙崖
有落照里的壮美金沙
桓陵的秋草绿透了霜花
绣岭的白云横断了天涯
中流砥柱傲狂浪
亚武名山秀中华
温泉浴女娇呀烟如轻纱人如花
平湖来客贵呀天鹅似珠镜中撒
噢，这是一块迷人的土地呀
是我祖祖辈辈的家
我想告诉祖国、告诉妈妈
这就是您美丽的三门峡

中国文化自信的源头

人类发展的历史事实已经证明：
古巴比伦早已灰飞烟灭于无数次的战争，
古埃及也早已被亚述中断，
被波斯灭顶，
古印度更被雅利安人行刑，
被殖民者占领。
唯有中华文明，
一脉相承，至今繁荣，
从未中断，从未止停！

而且，还愈来愈强盛，愈来愈年轻！
即使有一百次苦难，
中国也不会亡国！
即使有一百次亡国，
中国也不会灭种！
即使有一百次灭种，
也不会是中国！
难道是神仙的庇护有所偏重吗？
抑或是生命的基因有所不同吗？

翻遍史书，各族文明，

无不来自神灵。
穷极源头，各种神灵，
无不止于神话。
望尽神灵，各色人种，
无不归于听从。
唯有中国，
从来都不靠什么神圣。
而是相信自己，
勇于抗争，不怕牺牲！
永远地自尊、自信，
永远地自力更生！

当人类需要火的时候，
美国的神话中，
火是上帝赐予的；
希腊的火，
是普罗米修斯偷来的。
而中国的火，
是燧人氏钻木取来的。
这就是区别：
既不偷，也不等。
而是依靠自己，
与大自然做斗争！

当遭遇滔天洪水的时候，
希腊人躲进挪亚方舟之中。

我们的大禹，
却治水不停，
三过家门而不入，
通过十三年的疏通，
终于大功告成：
战胜了洪峰！

当大山阻挡在门前的时候，
要么搬家走人，
要么绕行认命。
西方信徒们选择听从神的指令，
我们的愚公，
却要将大山夷平！
即使吾辈不能完成，
子子孙孙也要继续完工！

当各部落对太阳神顶礼膜拜的时候，
唯我华夏族的夸父，
敢于仰面追踪，
而且自始至终，
不怕牺牲！
即使再有十个太阳出来作对，
仍然有勇敢的后羿，
拉满强弓，
将九个多余的太阳，
射落长空。

即使被大海淹死，
化作一只小鸟，
精卫仍要衔来木石，
誓将大海填平！
即使挑战权威失败，
被砍掉了头颅，
刑天也要以脐为口，
以乳为目，
挥动干戚，
继续战斗，
继续抗争，
其壮志浩气，
天敬地恸，
鬼泣神惊！

天地不仁，
以万物为刍狗。
老子坦诚，
一语道破世情，
警醒天地万物，
皆需自己珍重。
而所谓的神爱世人，
只可听听。
否则，
相残千年的亚伯拉罕的子民，

便不会至今相残，
至今战争。

永不迷信，不靠神灵！
永不服输，勇于抗争！
永远奋斗，不怕牺牲！
永远自信，自力更生！
永远坚韧，无所不容！
这就是中华文明最本质的特征。

因此，中国文化才能不断传承，
诸子百家，
光耀世界文化天空；
秦汉强大，
罗马不敢东向弯弓，
隋唐富庶，
长安成为世界之城；
四大发明，
使得天下繁荣安定；
改革开放，
仅仅几十年，
便重归复兴。

这就是中华文化的源头，
来自千年的传承；
这就是中华文化的基因，

来自伟大的祖宗；
这就是中华文化的风骨，
来自千秋万代的磨砺；
这就是中华文化的品质，
来自千锤百炼的苦痛；
这就是中华文化的力量，
来自民族的灵魂深处；
这就是中华文化的信仰，
来自华夏的骨髓之中。

诗友说忧愿

明知：
不能当钱，
还要呕心沥血，
倾注时间；
不能当权，
还要马首是瞻，
时时依恋；
不能果腹，
还要苦辣酸甜，
滴滴吞咽；
不能蔽体，
还要倾其所有，
以为衣衫。

只为：
禁不住她整整齐齐，
简简单单；
禁不住她秀外慧中，
璧合珠联；
禁不住她莺声婉转，
珠落玉盘；

禁不住她回眸一看，
情意万千。

难舍：
她言简意赅，
意境妙曼；
她韵律天成，
流水高山；
她对仗工整，
青胜于蓝；
她读写简单，
富于内涵。

于是：
看到春花秋月，
便知往事多少莫拍栏；
看到大漠孤烟，
便知黄河落日会更圆；
看到风霜雨雪，
便知春天不会太遥远；
看到宇宙茫茫，
便知比谁不会更孤单。

所以：
她就是知己、闺蜜，
知心话儿说不完；

她就是远方、希望，
浑身是胆勇向前；
她就是故乡、依恋，
千里万里心中暖；
她就是目标、信念，
心灵栖息有港湾。

只叹：
屈子问天，
魂归汨罗江水淹；
太白称仙，
客死他乡月色寒；
子美封圣，
颠沛一生身难安；
东坡风流，
因诗下狱入牢监。

哀怜：
食指疯乱，
峥嵘岁月终不堪；
海子卧轨，
难逃内心之召唤；
顾城自缢，
全因失去身心之家园；
诗友无怨，
甘愿沦为前辈之跟班。

毅然：
怀念汉唐宋元，
文诗词曲兴空前；
期盼喧闹浮躁人世间，
拜钱也拜言；
祈祷沉重肉身遂心愿，
安放不再难；
渴望诗词酒一般，
越酿越醇越香甜。

海子、顾城，均为英年早逝的现代诗人。

危难时刻

鼠年春节将至
人们翘首以盼
可一场突如其来的病毒灾难
却像魔鬼一样
跟着回乡的人潮
四处扩散
严重地威胁着全国人民的健康
疯狂地啮噬着全国人民的生命
让所有的人
都戴上了口罩
感到了严寒
让所有的心愿
都蒙上了一层厚厚的阴影
让所有的生产、生活
都结上了一层厚厚的冰凌
就连时间
似乎也要被凝固
也要被停止走动
显然
这是一场人类与病魔之间的生死决战
这是一场全民皆兵，方能取胜的决战

名不虚传

沧海横流，恶浪滔天
谁，才是中流砥柱
谁，才是英雄好汉

危难面前
看我黄河儿女
挺身而出
白衣天使们，全副武装，勇往直前
公安交警们，风里雪里，通宵达旦
崤函大地，九州方圆
一夜之间，便筑起了
一道道血肉的长城
一道道血肉的防线
所谓的岁月静好
全是因为有人替我们挡在了疫情之前
在隔离区，在医院
他们穿着厚厚的防护服
简直就是超人，就是奥特曼
救死扶伤，威武雄壮
仿佛真的无所不能一样
可有谁知道
只要一穿上
就会裹得透不过气来
闷得直冒热汗
就是站在原地不动
身体差点儿的

也会感到天旋地转

说话交流，也都得大声地吼喊

一个班下来

喉咙都在打战，嗓子都在冒烟

里面的衣服，也都会全部湿透

头发，也像刚洗过一般

但为了节省防护服

避免不必要地脱了再穿

他们坚持不吃不喝

坚持不去大小便

为了应对紧急事件

不少队员还平生第一次穿上了纸尿片

也不得不平生第一次

将一头秀发

全都剪短

身上痒了，得忍着

渴了，得抗着

急了，也得憋着

检查病情

开具化验单

书写病历

接送病人入院、出院

这些平时极易完成的工作

在层层防护之下，却变得艰难

每次迈出病区

都像经历了一次生死考验：

都要大吸几口空气，觉得好鲜好鲜啊
都要多望一眼天空，觉得好蓝好蓝啊
就是这样，他们用血肉之躯
为我们筑起了一道道洁白的防线
就是这样，他们用大爱和无畏
与时间赛跑，同死神争战
挽救了一个又一个可能的妻离子散

还有，在火车站
在高速路口
在各个卡点
连自动测温仪
都冻得不能正常运转了
可我们的防疫、交管、公安人员
还在坚持值班，坚持筛检
并且
一值就是几天、几十天
一检就是几百、上千

在各个村庄，各个农家院
我们的村干部、共产党员
即使只戴一个口罩
也仍然不顾安危
冲在前面
尤其是村医们
总是默默地背着药箱
走村、串院

排查、体检
直到日落西山
就是这样啊
一天又一天
一晚又一晚
坚持，坚持，决不能倒下
决不能服软，决不能不管

危难面前
没有人退缩
更没有人旁观
上至领袖，下至百姓
无不各尽所能，无不争做贡献
我虽然不能像他们一样冲到前方
替大家挡子弹
但决不随便外出，给社会添乱
你是为武汉捐赠萝卜、大葱的农民
你是把大街扫得比平时更干净的环卫工人
你是拄着拐杖，也要坚持上战场的公务员
你是抗疫牺牲的家属，将慰问金全部捐献
你是捐出全部奖学金去购买口罩的大学生
你是免费为医护人员送去三餐的饭店老板
你是第一时间捐款、捐物的爱心企业
你是义务为环卫工人熬送中药的民营医院
你是精挑细选了三千箱优质苹果，
送给武汉的果业公司

你是亲自来到红十字会捐款万元，
已经九十多岁的王老汉
你是捐了自己所有的压岁钱，
却不说是哪个学校的好少年
在危难面前
所有优秀的中华儿女
全都交上了一份合格的答卷
忍不住啊，要为他们
为所有的黄河儿女
点赞
一方有难
八方支援
武汉告急
依然是这些中流砥柱
我们的白衣天使们
挺身而出
争相向前
他们不讲任何条件
只有一个要求
"让我去武汉"
不到两个小时
报名人数，已超过一千
超过一千！知道吗
那几乎是这个医院所有的人员哪
不能去的，少不了长吁短叹
遗憾啊

临行前，全体队员誓言

救死扶伤，甘于奉献

不负重托，不辱使命

无论生死，坚决打赢阻击战

放心不下的母亲

前来送站

嘱咐"到了武汉，要好好吃饭"

女儿忍住泪水

尽量露出笑颜

丈夫也来告别

暗自说好了"不能丢脸"

可一个拥抱松开

还是红了双眼

女儿也来告别

可是，还没等到说"再见"

早已失声痛哭

泪水涟涟

他们

谁不是为人父母？

为人夫妻？

为人儿女？

可面对明知的风险

不管那里已经牺牲了多少人员

李文亮、刘智明、彭银华、夏思思……

他们毅然决然

挥挥双手

作别亲人
作别崤函
像一群洁白无瑕的天鹅
飞赴武汉

在一次次的危难面前
他们都毫不犹豫
筑起了一道道生命的防线
在一次次的危难面前
他们都奋不顾身
将疫魔挡在自己面前
我们的岁月
才会如此静好
才如此花好月圆
他们
是在用自己的善良和赤胆
佑护着患者的生命
佑护着人民的健康
他们
是在用忠诚和行动
维护着民族的尊严
维护着中华的平安
他们
是在用热血和汗水
浇灌着生机勃勃的家园
浇灌着万紫千红的春天

他们
是在用青春和生命
支撑着祖国的一片蓝天
支撑着祖国的万里江山

任何危难时刻
他们
永远都是我们伟大民族的中流砥柱
永远都是我们伟大祖国的骄傲和中坚

5米2米0米

只隔5米，
看得见你的眉宇，
却不能拥抱你：
我只能和战场零距离，
我不能让病毒再肆意！
你不要哭泣，我爱你。

只隔2米，
听得见你的呼吸，
却不能拥抱你：
我只能和患者零距离，
我不能让患者受委屈！
你不要哭泣，我爱你。

无论平凡的日子里，
还是这特殊的日子里，
我们的心从来没有距离；
无论我归来还是远去，
你时刻都在我的心里，
我们的心永远在一起。

我们一起成长

临渊羡鱼，不如归而结网
期望健康，不如培养健康素养
有了健康素养，就会拥有健康
开始培养吧：健康就在自己手上

我要培养健康素养，长出春风翅膀
我要培养健康素养，伴飞金色阳光
我要培养健康素养，飞上快乐天堂
我要培养健康素养，活出最高质量

我要培养健康素养，长出春风翅膀
我要培养健康素养，和春风共飞翔
我要培养健康素养，伴随金色阳光
我要培养健康素养，活出最高质量

不单身体要强壮，心理适应也要棒
膳食合理运动当，避免超重与肥胖
清淡少盐利血管，奶豆菜果益健康
不吸不酗不熬夜，勤洗勤刷勤开窗
有毒有害要防护，剧毒农药要妥放
蚊蝇鼠蟑会传病，乱扔乱吐环境脏

接种疫苗效果好，千斤重病四两防
献血助残救死伤，体检防病不仓皇
肿块出血体重减，应疑癌症警钟响
食药标签能看懂，体温脉搏会测量
见人触电先断电，火灾自救应有方
急救电话120，健康素养记心上

来吧来吧健康素养，我们一起成长
和那春风共飞翔
来吧来吧健康素养，我们一起成长
和那阳光共闪亮
来吧来吧健康素养，我们一起成长
和那天堂共辉煌
来吧来吧健康素养，我们一起成长
和那天使共徜徉

神话续

人人都说
救人一命
胜造七级浮屠
天天救死扶伤
那业绩和功勋
该是怎样的伟大
就算阿弥陀佛的功德
也不过莲台上的几句教化
可作为医生
我们还要用奉献
续写人间神话

无论生老病死
无论春秋冬夏
都要面带微笑
抚平病房中的呻吟
门诊里的嘈杂
无论成功失败
无论感谢打骂
都要尽职尽责
坚持到汗如雨下

坚持到泪如雨下

悟空胜了几个妖魔
就坐上了莲花
一生大战病魔
那毅力和修行
得要怎样的强大
就算如来佛祖的功法
也不过莲台上的几下比画
可作为医生
我们还要用大爱
续写人间神话

无论中秋除夕
无论子夜午后
都要闻病而来
只因时间就是生命
生命至高无价
无论儿女亲家
无论爸爸妈妈
都得硬起心肠
只因患者就是上帝
患者就是牵挂

我们何时才能再相见

怀着种种的执念
新训营里
彼此初相见
摸爬滚打
血里汗里
苦里累里经历练
仨月眨眼过
离别竟眼前
怎忍说再见
没说再见泪已流满面
（童声哭喊：你们别分开，别分开，为什么要分开啊?）

老班长啊老队长
我们何时才能再相见
我难忘
您那手足般的关心与温暖
将懵懂无知的少年
春风化雨来转变
战友啊我亲爱的战友
我们何时才能再相见
我难忘

您天真无邪青春的笑脸
与我操场上面狂奔喊
沙场上面肩并肩

怀着坚定的信念
军旅生涯
即使倒下也要头朝前
坚持忍耐煎熬极限
沙场比拼兑誓言
转眼离别又眼前
两年时光刹那间
怎忍说再见
没说再见泪已流满面
（童声哭喊：你们别分开，别分开，为什么要分开啊？）

老班长啊老队长
我们何时才能再相见
我难忘
您那手足般的关心与温暖
将懵懂无知的少年
春风化雨来转变
战友啊我亲爱的战友
我们何时才能再相见
我难忘
您天真无邪青春的笑脸
与我操场上面狂奔喊
沙场上面肩并肩

有你永远有希望

生时你奔忙，老时你绕床。
病时你守望，死时你送往。
亏了亲爹娘，误了逛商场。
舍家为大家，大爱无边疆。

时时在身旁，月光更阳光。
护士胜天使，护理胜天堂。
战场你救死，病房你扶伤。
天灾你冲锋，人祸你救场。

亏了亲爹娘，误了逛商场。
舍家为大家，大爱无边疆。
绝地播希望，月光更阳光。
护士胜天使，护理胜天堂。

有你在身旁，战场商场我敢闯。
有你在身旁，生老病死我不慌。
有你在身旁，时时处处有希望。
有你在身旁，时时处处是天堂。

人吃五谷粮，哪会无病恙。

世间多扰攘，哪会无灾殃。
护士在身旁，病也心不慌。
护士在身旁，死也心不凉。

你也有儿女，你也有爹娘。
你也爱游玩，你也爱商场。
舍家为大家，人民才安康。
小爱忍割舍，大爱无边疆。

护士之歌

救死扶伤驰战场，
南丁旗帜我高扬。
纵身地狱争生命，
直面病魔护健康。
战士牺牲无须祭，
病人康复最高偿！
青春热血添虹彩，
日月光辉笑沧桑。

车祸、中毒、塌方，
鲜血、呻吟、死亡……
天灾人祸时来撞，
上帝主佛在何方？
白衣、素帽、口罩，
圣洁、亮丽、端庄……
白衣战士赴战场，
黑暗地狱现曙光。

跪扶、躬嘱、轻放，
止血、复苏、清创……
分秒必争鬼神怅，

医德高尚天地仰。
消毒、打针、给氧，
翻身、按摩、换装……
一丝不苟除病殃，
全力以赴救死伤。

急救、门诊、病房，
输液、喂药、测量……
三百六十五里路，
春夏秋冬复奔忙。
叠被、换单、铺床，
嘘寒、问暖、询恙……
耐心细致子孙样，
病人至上用心扛。

苦累、汗水、紧张，
委屈、伤心、彷徨……
再加平凡三百项，
怎比生命—健康？
爱人、儿女、爹娘，
山水、古迹、商场……
天伦游乐谁不想？
大爱无疆日月光。

横渡母亲河之歌

黄河母亲请横渡，
两岸青山在欢呼。
（间白："泳士！泳士！"）
黄河母亲盼望您，
千里万里踏征途！
黄河母亲请横渡，
万里波涛在欢呼。
（间白："蛟龙！蛟龙！"）
黄河母亲盼望您，
今天明天能相晤！

母亲河前来横渡，
两岸青山在欢呼。
（间白："泳士！泳士！"）
我们就是那泳士，
要向彼岸绘宏图！
母亲河前来横渡，
万里波涛在欢呼。
（间白："蛟龙！蛟龙！"）
我们就是那蛟龙，
要向龙宫采明珠！

名不虚传

黄河母亲请横渡，
两岸人群在欢呼。
（间白：“泳士！泳士！”）
黄河母亲盼望您，
千里万里踏征途！
黄河母亲请横渡，
万杆彩旗在欢呼。
（间白：“蛟龙！蛟龙！”）
黄河母亲盼望您，
今天明天能相晤！

母亲河前来横渡，
两岸人群在欢呼。
（间白：“泳士！泳士！”）
我们就是那泳士，
要为祖国展宏图！
母亲河前来横渡，
万杆彩旗在欢呼。
（间白：“蛟龙！蛟龙！”）
我们就是那蛟龙，
要为母亲献明珠！

“泳士！泳士！”
我们一齐来欢呼！
“泳士！泳士！”

要为祖国展宏图！
"蛟龙！蛟龙！"
我们一齐来欢呼！
"蛟龙！蛟龙！"
要为母亲献明珠！

货郎歌

走了一山又一山，
过了一涧又一涧
东乡西乡卖针线，
南山北山卖油盐
大路小路全走遍，
伏天雪天年复年
出力流汗咱不怕，
山高终得努力攀

走了一山又一山，
过了一涧又一涧
东奔西奔收鸡蛋，
南跑北跑送糕点
风天雪天从不怕，
总有天晴那一天
出力流汗总有报，
瓜熟蒂落甜又甜

水峪河

啊呀哎……
七十二道水峪河哎
二十五里脚不干哩
毒蛇怕过千重浪哩
猿猴惧攀一线天哩
天上只见云飞过哩
云中不见乌鸦翻哩
雷入地缝水声淹哩
风下危崖浪涛卷哩

啊呀哎……
七十二道水峪河哎
二十五里脚不干哩
蛟龙能伏千重浪哩
猛虎敢啸一线天哩
天上只见虹飞过哩
云中更有雄鹰盘哩
雷入地缝春意浓哩
风下危崖花满山哩

兰草情歌

兰草花儿不会开
开就开在陡石崖
胆大的哥哥采花来
脚踩石板手扳崖
叫声妹哎好乖乖
拉郎一把上花台

兰草花开陡石崖
红花绿叶惹人爱
红花还需绿叶配
蜜甜还得蜂来采
叫声郎哎好乖乖
靓妹早盼哥来爱

红军从咱家乡过

红军从咱家乡过
血染的红叶满山坡
红军从咱家乡过
英勇的事迹人人说

红军从咱家乡过
闪闪的红星暖心窝
红军从咱家乡过
严明的纪律人人说

红军从咱家乡过
参军的青年一拨拨
红军从咱家乡过
传奇的故事一箩箩

红军从咱家乡过
教咱看到了新生活
红军从咱家乡过
教咱把住了命运的舵

红军从咱家乡过

名不虚传

丰碑如山千万座
红军从咱家乡过
精神如泉汇成河

红军从咱家乡过
长征壮举标史册
红军从咱家乡过
长征精神永鞭策

红军从咱家乡过
未竟的事业咱来做
红军从咱家乡过
未来的事业咱开拓

红军从咱家乡过
伟大的祖国咱建设
红军从咱家乡过
筑梦路上共拼搏

三清观对联

道弥云天
道道知道道道道道是道知道不知道
云云浮云云云云云皆云浮云非浮云

　　三清观对联位于河南省三门峡市陕州区西张村镇太阳村三清观内。此联将每个字按名词或动词读时，其意不同；按不同的断句法断时，更有很多种读法。通俗易懂又富含哲理，明白晓畅又耐人寻味。

三门峡风景名胜联对

　　五千年胜迹，旷世传来，看帝陵巍巍，禹迹茫茫，车马居坑，宝塔摩天，更秦赵盟台，函谷雄关，争映仰韶文化，鸿窟瑰宝，直引得紫气东来，典故联翩，有假虞灭虢，唇亡齿寒，鸡鸣狗盗，秦晋之好，并无数人杰，都附于日月星斗，瞰不尽高峡出平湖，天堑变通途。

　　三百里乐土，画屏迤逦，望崤岭滚滚，大河绵绵，韶山耸翠，温泉含烟，纵仙崖峭壁，岱庙巨柏，竞秀中流砥柱，亚武名山，势赢来三省拱卫，美景云集，殊桓陵秋草，金沙落照，九龙洞天，绣岭云横，共八方物华，尽可媲松竹梅兰，恋不够沃野盖煤海，层峦藏黄金。

我爱三门峡

1 = G 4/4

南海江 词
张　轲 曲

X X　X X　X X　X ｜ X X　X X　X X　X ｜ X X　X X　X X　X ｜
一条　黄河　天边　挂　万里　奔腾　到我　家　二崤　古道　门前　跨
一篇　道德　五千　言　万斛　珍珠　夜空　撒　二龙　戏珠　院中　耍

X X　X X　X X　X ｜ X X　X X　X X　X ｜ X X　X X　X X　X ｜
万里　丝路　传佳　话　三门　峡上　筑高　坝　万顷　碧波　荡彩　霞
万栋　高楼　竞大　厦　三门　峡市　美如　画　万钟　风情　遍地　花

X X　X X　X X　X ｜ X X　X X　X X　X ｜ 3 3 2　3 2 3 2 ｜
四镇　天下　锁钥　地　万古　山河　佑华　夏　最早的　灵长　化石
四时　风光　争艳　丽　万流　景仰　不思　家　最早的　回音　建筑

3 2 3　3 3 3　－ ｜ 2 2 2 1　2 5 3 ｜ 3　－　3　0 ｜
这儿　留下　　　上河　曙猿　叫喳喳
这儿　挺拔　　　宝轮　寺塔　藏金蛙

3　3 2　3 3 3 3 ｜ 3 2 3　3 3 3　－ ｜ 2 2 2　3 3 5 6 ｜
最早的　储水　工程　这儿　埋压　　　西坡　遗址　堪称大
最刚强　的　精神　这儿　作答　　　中流　砥柱　任浪打

6　－　6　0 ｜ 3　3 2 3　3 3 3 ｜ 3 2 3　3 3 3　－ ｜
　　　　　　　最　早的　中国　这儿　出发
　　　　　　　最　奇的　住宅　这儿　开挖

2 2 2 1　2 5 3 ｜ 3　－　3　0 ｜ 3　3 2 3　3 3 3 ｜
仰韶　文化　肇　中华　　　最　早的　铁剑
地坑　窑院　舒适的　家　　　最　美的　天鹅

名不虚传

3 2 33 3 3 — | 2 2 23 3 5 6 6 — 6 0 |
这儿 锻打　　　　虢国 文物 多如麻
这儿 度假　　　　蓝湖 雪润 白莲花

3 3 3 1̇ 6 6 — 6 0 | 0 5 5 5 6 5 2 3 |
我 爱 三 门峡　　　　　你是 我心 中的 她
我 爱 三 门峡　　　　　你是 我心 中的 她

3 — 3 0 | 2 2 2 1 | 3 2 3 1 2 2 — |
我 愿 为 你　建 大厦
我 愿 随 你　闯 天涯

6 6 6 1̇ 1̇ 6 7 7 — 7 0 | 3 3 3 1̇ 6 |
千次 万次 添 砖瓦　　　我 爱 三 门峡
千难 万难 眼 不眨　　　我 爱 三 门峡

6 — 6 0 | 5 5 5 5 5 2 2 3 | 3 — 3 0 |
千年 万年 手 不撒
千把 万把 汗 水洒

2 2 2 1 | 3 2 3 1 2 2 — |
我 愿 跟 你　创 未来
我 愿 与 你　献 祖国

6 6 6 1̇ 7 6 5 6 6 — 6 0 ‖
千幅 万幅 锦 绣画
千朵 万朵 幸 福花

该歌曲2018年12月荣获三门峡市委宣传部等联合主办的"唱响三门峡"歌曲征集评选活动二等奖。

党员就是旗一面

南海江 词
赵新辉 乔小红 曲

1=G 2/4 4/4

豪迈、坚定、自豪地

```
6· 6   1 7 | 6·  3  | 6· 6 6 7 | 1· 1 7 6 |
冲破  黑  暗,你   高举锤镰   振臂呐喊,
建设  祖  国,你   出力流汗   甘愿苦累,

0 6 6 6 7 | 1 1  7 | 3 —  | 3  0 |
星星之火 终   燎   原。
风里雨里 铁打  的   汉。

6· 6  6 7 | 1·   3 | 7· 7 7 1 | 2· 2 2 1 |
遍地  烽  烟,你   冲锋陷阵   英勇奋战,
事业  面  前,你   吃苦在前   享受在后,

0 7 7 7 6 | 5·   2 | 3 —  | 3  0 |
血染战旗 朝   霞   鲜。
心系人民 披   肝   胆。

4· 4  3 2 | 2·   6 | 2· 2 2 1 | 5· 5 5 3 |
大敌  当  前,你   舍生忘死   大义凛然,
改革  开  放,你   二次征战   凤凰涅槃,

0 5 5 5 3 | 5 6  3 | 3 —  | 3  0 |
昂首挺胸 赴国   难。
再创辉煌 举世   赞。
```

371

名不虚传

```
2 2 1 2 | 2. · 6 | 7. 7 7 6 | 0 5 5 5 3 |
灾难 面前，  你 奋不顾身  豪气冲天，
复兴 路上，  你 敢于创新  敢于实践，

2. 2 2 1 | 5 3 · 6 1 | 6 - | 6 - |
血肉之躯 保平 安。
敢想敢干 领头 的 雁。
```

快一倍

```
4/4 6 6 6 6 | 6 5 6 6 - | 3 7 7 6 | 3 2 3 3 - |
  党员 就是 旗一面，  何惧牺牲 与凶险，
  党员 就是 旗一面，  何惧吃亏 与流汗，

2 2 2 6· | 2 1 2 2 - | 2 2 2 5· | 5 5 3 3 - |
党员 就是 旗一面，  冲锋陷阵 永在前，
党员 就是 旗一面，  吃苦耐劳 永在前，

6 6 6 6 | 6 5 6 6 - | 3 7 7 6 | 3 2 3 3 - |
党员 就是 旗一面，  何惧坎坷 与艰难，
党员 就是 旗一面，  何惧任重 与道远，

2 2 2 6· | 2 1 2 2 1 2 | 3 3 3 5· | 6 - - -:|
党员 就是 旗一面，披荆斩棘 总在 前。
党员 就是 旗一面，开拓引领 总在 前。
```

结束句

```
7 7 7 6 | 5 - 7 - | 6 - - - | 6 - - - | 6 0 0 0 ‖
党员 就是 旗 一 面！
```

该歌曲发表于2020年《洛神》总第223期，并于2020年4月入选中央电视台APP武汉抗疫题材作品展播，被中国广播电视社会组织联合会、音乐工作委员会评为"爱心公益奖"。

崤函古道

（男声独唱）

南海江 词
赵新辉 曲

1=C 2/4

♩=58 历史感厚重地

崤 函 古 道　　曲 曲 弯 弯，
崤 函 古 道　　深 深 浅 浅，

穿 过 崤 山　穿 过 陕 　原，
穿 过 石 壕　穿 过 函 谷 关，

向着 鄯善 楼 兰，　　向着 大漠 孤 烟，
向着 波斯 湾，　　向着 里海 岸，

踏 着　　驼铃 唱誓 言　不到 天边 不
捧 着　　丝绸 来还 愿　海天 茫茫 情

复 还。　　崤函 古道 啊　你
绵 绵。　　崤函 古道 啊　你

不惧 遥 远，　　祖 先 我们 一手 牵，
不畏 艰 难，　　东 方 西方 一手 牵，

名不虚传

```
2  -    | 3 3 3.2 | 1.    1 | 5 3.  3 i̲ 7̲ |
        崤 函 古 道 啊   你  不 惧  遥
        崤 函 古 道 啊   你  不 畏  艰

6  -    | 6.̲ 6̲ 6̲ 7̲ | i̲ 3̲. 3̲̇ i̇ | i̇  2.̇ |
        远。  历 史 未 来  一  脉  连。
        难。  中 国 世 界  一  线  连。

2.̇  5̲ 6̲ | 3̲̇ 2̲̇ 2̲̇ 2̲̇ 2̲̇ 1̲. 6̲ | 5̲ 6̲ 3̲̇ 2̲̇ 2̲̇ i̲ 7̲ 6̲. |
   教我 漫 漫 路 上 勇 向 前，  教我 坎 坷 路 上 永 登
   教我 漫 漫 路 上 勇 向 前，  教我 坎 坷 路 上 永 登

5.  3̲ | 5.  3̲ | i̲ 7̲ 6̲. 5̲ | 3.  2̲ 3̲ |
攀，  快 乐  就  在 我 面  前，  和 谐
攀，  幸 福  就  在 我 面  前，  光 荣

5̲ 3̲ 2̲ 6.̲ | 0̲ 6̲  1 | 1  -  : | 3̲ 5̲  3̇ |
就 在 我  身 边。            啊
就 在 我  身 边。

1  -  | 2̲ 1̲ 6̲ 1̲ | 1  -  | 6̲ i̲ 6̲  5  - |
        m          啊

5̲ 3̲ 2̲ 3̋ | 1  -  | 1  -  | 1  0 ‖
        m
```

374

等我们凯旋

（献给救援武汉的勇士们）

1=F 4/4

南海江 词
赵新辉 曲

♩=120 坚定、有力地

```
6  6  3  3  | 2 1  7 6  - | 2  2  2  6 |
疫  情 当 前   责 任 如 山，   共  克 时 艰
```

```
5 5  2 3  - | 6  6  6  3  | 2 2  1 2  - |
重 任 在 肩，    黄  河 儿 女   勇 往 直 前，
```

```
7  7.6 5 3 0 5 | 2  5  6  - | 6  6  3  3 |
还  一 个 健 康    和  平 安。   疫  情 当 前
```

```
2 1  7 6  - | 2  2  2  6 | 5 5  2 3  - |
使 命 如 山，   排  除 万 难   不 惜 流 汗，
```

```
6  6  6  3 | 2 2  1 2  - | 7  7.6 5 3 0 5 |
中  流 砥 柱   精 神 相 传，   保  一 个 健 康
```

```
2  5  6  - | 6  6.6 6  3.3 | 1  1.7 6  - |
和  平 安。   家  乡 的 父 老 您  放  心 吧，
```

```
5  5.3 5  3 | 7  5  3  - | 6  6.6 6  3.3 |
为  我 们 加 油   克  难 关，   家  乡 的 父 老 您
```

名不虚传

$\dot{1}$ $\widehat{\underline{\dot{1}\cdot 7}}$ 6 - | $\underline{5\,5}$ $\underline{\dot{3}\,5}$ 3 | 5 6 6 - :‖ D.C.
放 心 吧，   等 我 们 高 唱 凯 歌 还！

6 $\underline{6\cdot 6}$ 6 $\underline{3\cdot 3}$ | $\dot{1}$ $\widehat{\underline{\dot{1}\cdot 7}}$ 6 - | $\underline{5\,5\cdot 3}$ 5 3 |
家 乡 的 父 老 您 放 心 吧，   为 我 们 加 油

7 5 3 - | 6 $\underline{6\cdot 6}$ 6 $\underline{3\cdot 3}$ | $\dot{1}$ $\widehat{\underline{\dot{1}\cdot 7}}$ 6 - |
克 难 关，   家 乡 的 父 老 您 放 心 吧，

$\underline{5\,5}$ $\underline{3\,5}$ 3 | 5 - 7 - ∨ |
等 我 们 高 唱 凯 歌

6 - - - | 6 ($\overset{3}{\overline{\underline{6\,6\,6}}}$ 6 0 0) ‖
还！

376

互助友爱是火一团

南海江 词
张 轲 曲

1=#F

♩=67

3 3︵32 3 3︵32 3 3︵32 1 | 3 3︵32 3 3︵32 1 3︵2 2 |

你虽 跟我 没血 缘 时常 为我 把心 担
呼声 救声 呻吟 声 声声 锥心 需驶 援

3 3︵32 33· 5 3︵2 1 6︵1 | 2 2︵1 2 6· 5. － |

我虽 凡人 非神 仙时常 为人 解困 难
家事 国事 天下 事事事 关心 争奉 献

3 3︵32 3 3︵32 3 3︵2 1 | 3 3︵32 3 3︵2 5 3︵2 2 |

他虽 跟咱 不相 干 时常 为咱 做志 愿
小沟 小坎 手拉 手 大灾 大难 肩并 肩

3 5 3 5· 5 3︵2 1 6︵1 | 2 2︵3 2 1 1 － |

大家 同心 抱一 团风雨 霜雪 不惧 寒
一方 有难 八方 援天灾 人祸 不畏 难

6 6︵5 6 6︵5 5 3︵2 2 | 3 5 3︵5 3 3 3︵2 1 |

互助 友爱是 火一 团 火把 一举就 没黑 暗
互助 友爱是 火一 团 火把 一举就 没黑 暗

2 2︵1 2 2︵3 5· 3 5 3︵5 | 6 6︵5 6 6︵5 5 － |

互助 友爱是 火 一 团太阳 一出就 浑身 暖
互助 友爱是 火 一 团太阳 一出就 浑身 暖

名不虚传

6 <u>6 5</u> <u>6 6 5</u> 5 <u>3 2</u> 2 | 3 5 <u>3 5 3</u> 3 <u>3 2</u> 1 |
互助　友爱是火一　团　　援手一伸就力倍　添
互助　友爱是火一　团　　援手一伸就力倍　添

2 <u>2 1</u> <u>2 2 3</u> 5.<u>3</u> <u>5 3 5</u> | <u>6 6 6</u> 5 <u>3 2</u> 1　－ ‖
互助　友爱是火一团众人　一心就开大　船
互助　友爱是火一团众人　一心就开大　船

378

后记

可能是我总想把任何事情都做得更完美一些的缘故，直到向出版社交稿的时候，仍然觉得还有许多遗漏和问题需要解决。比如，截至目前，仍有许多由于我没有去过，以及不知道的好地方、好故事，而造成的遗漏；仍有许多由于我知识不足，或认识不深，而造成的遗漏；仍有许多由于数量庞大而无法一一写下来的遗漏；仍有许多需要再琢磨、需要精益求精的地方；等等，都使我感到遗憾，甚至不安。

好在有三门峡市艺术研究所自始至终的指导和帮助，更有许多朋友的鼓励和安慰："凡事总要留些念想啊！都干完了，接下来干啥呢？"我才释然："好吧朋友，我明白了：这不是万事大吉的'后记'，而是迈向新征程的开始，奔向下一个目标的起点啊！"